The Chinese Lake Murders

1960

汉源县令狄仁杰

高罗佩

大唐狄公案全译（插图本）

黄禄善－主编

湖滨谜案

The Chinese
Lake Murders

〔荷〕高罗佩　著

田明刚　译

山西出版传媒集团
北岳文艺出版社
BEIYUE LITERATURE & ART PUBLISHING HOUSE

· 太原 ·

图书在版编目(CIP)数据

湖滨谜案 / (荷) 高罗佩著;田明刚译. — 太原:
北岳文艺出版社,2021.1
 (高罗佩·大唐狄公案全译:插图本 / 黄禄善主编)
ISBN 978-7-5378-6277-6

Ⅰ.①湖… Ⅱ.①高… ②田… Ⅲ.①侦探小说—荷
兰—现代 Ⅳ.①I563.45

中国版本图书馆CIP数据核字(2020)第224296号

湖滨谜案

〔荷〕高罗佩 / 著

田明刚 / 译

//

策 划
续小强

项目统筹
贾晋仁 庞咏平

责任编辑
庞咏平

装帧设计

萨福书衣坊
SAFU BOOKSTORE
bookd@163.net

印装监制
郭 勇

出版发行:山西出版传媒集团·北岳文艺出版社
地址:山西省太原市并州南路57号
邮编:030012
电话:0351-5628696(发行部) 0351-5628688(总编室)
传真:0351-5628680
经销商:新华书店
印刷装订:山西人民印刷有限责任公司

开本:787×1092 1/32
字数:175千字 印张:8.5 插页:4
版次:2021年1月第1版
印次:2021年3月山西第1次印刷
书号:ISBN 978-7-5378-6277-6
定价:46.00元

导言

一

　　20世纪与21世纪之交，西方通俗文学界一个令人瞩目的现象是历史侦探小说（historical detective fiction）的崛起。当时西方的许多主流媒体，如《纽约时报》《华尔街日报》《泰晤士报》《卫报》等等，连篇累牍地报道历史侦探小说获奖的信息，有关小说的介绍、评论汗牛充栋。这些获奖小说的背景多半设置在一个年代久远的古代，中心情节是破解一个与谋杀有关的案件，作者大都为历史学、考古学等专业的学者，爱好文学创作。譬如保罗・多尔蒂（Paul Doherty, 1946— ），当代英国著名历史学家，20世纪80年代末开始历史侦探小说创作，迄今已出版了八十多部以古希腊、古罗马、古埃及和中世纪英格兰为背景的侦探小说，其中《叛逆的幽灵》（*The Treason of the Ghosts*）被《泰晤士报》列为2000年最佳犯罪小说。又如琳达・罗宾逊（Lynda Robinson, 1951— ），毕业于得克萨斯大学考古专业，擅长中东史和美国史研究。她在丈夫的鼓励下进行历史侦探小说创作，处女作《死神谋杀案》（*Murder in the Place of Anubis*, 1994）一问世即荣登"纽约时报畅销书排行榜"，之后创作的十多本小说也一版再版，畅销不衰。再如加里・科比（Gary Corby,

1963—），澳大利亚历史侦探小说创作新秀，尽管作品数量不算太多，但已是2008年"柯南·道尔奖"得主，2010年问世的《伯里克利政体》（*The Pericles Commission*）更获"内德·凯利奖"（Ned Kelly Award）。凡此种种，正如《出版人周刊》2010年一篇评论所指出的："过去的十年，历史侦探小说的数量和质量急速发展，以前从未有过如此多的天才作家出版如此多的历史侦探小说，作品涵盖的历史年代和案发地点也从未如此宽泛。"[①]

不过，西方历史侦探小说并非从世纪之交开始。早在1911年，在美国作家梅尔维尔·波斯特（Melville Post, 1869—1930）的短篇小说《上帝的天使》（*The Angel of the Lord*）中，就出现过一个古时的业余侦探"阿布勒大叔"（Uncle Abner）。他生活在古老的弗吉尼亚边疆，是个牧场工人，一个和蔼、睿智的中年人。他凭借《圣经》的道德标准和美国的法律精神破案。之后，《上帝的天使》很快被扩充为拥有二十六个故事的侦探小说集《阿布勒大叔：破案高手》（*Uncle Abner, Master Mysteries*, 1918）。到了1943年，美国作家利莲·托雷（Lilliande la Torre, 1902—1993）发表了以历史人物塞缪尔·约翰逊（*Samuel Johnson*）为主角的短篇小说《英格兰国玺》（*The Great Seal of England*）。之后，她同样将短篇小说扩充为侦探小说集《萨姆博士：约翰逊侦探》（*Dr. Samuel Johnson, Detector*, 1948）。在这之后，西方历史侦探小说进入高速发展的阶段。英国作家阿加莎·克里斯蒂（Agatha Christie, 1890—1976）出版了以古埃及为背景的长篇历史侦探小说《死亡终局》（*Death Comes as the End*, 1944）。美国作家约翰·卡尔（John Carr, 1906—1977）出版了反映拿破仑战争题材的长篇历史侦探小说《狱中新娘》（*The Bride of Newgate*, 1950）。荷兰外交家、汉学家高罗佩（Robert van Gulik, 1910—1967）推

[①] Lenny Picker. *Mysteries of History*, Publishers Weekly, March 3, 2010

出了基于中国公案小说传统的系列历史侦探小说"狄公案"（Judge Dee series）。这些单本的、系列的历史侦探小说的问世，为当代西方历史侦探小说的全面崛起做了有益的铺垫，尤其是"狄公案小说"，采用长、中、短三种小说形式，数量多达十六卷，在东、西方均产生了持久的轰动效应，被认为是早期西方历史侦探小说的成功"范例"。①

"狄公案"历史侦探小说的创作发端于1949年高罗佩的译著《狄公断案精粹》（*Celebrated Cases of Judge Dee*）。故事的主角狄公（Judge Dee）在中国历史上实有其人。他名叫狄仁杰，生活在唐朝（618—907）。他一生为官，两次出任宰相，是所谓的青天大老爷。有关他廉洁自律、为民请命、秉公办案的故事很早就在民间流传。到了清朝末年，一位无名氏将这些民间故事整理成长篇公案小说《武则天四大谜案》（亦名《狄公案》或《狄梁公四大谜案》）。高罗佩在中国任外交官期间，对该书产生了浓厚的兴趣。在进行了详细考据之后，他将其中基本符合西方侦探小说传统的前三十回翻译成英文出版。之后，他开始尝试创作以狄公为主角的历史侦探小说《迷宫谜案》（*The Chinese Maze Murders*, 1952）。小说出版后，极为畅销。从此，高罗佩一发不可收拾，先后接受芝加哥大学出版社及其他图书出版公司的稿约，先后创作了十五卷狄公案历史侦探小说。它们是：《铜钟谜案》（*The Chinese Bell Murders*, 1958）、《黄金谜案》（*The Chinese Gold Murders*, 1959）、《湖滨谜案》（*The Chinese Lake Murders*, 1960）、《铁针谜案》（*The Chinese Nail Murders*, 1961）、《红阁子谜案》（*The Red Pavilion*, 1964）、《朝云观谜案》（*The Haunted Monastery*, 1961）、《御珠谜案》（*The Emperor's Pearl*, 1963）、《漆画屏风谜案》（*The Lacquer Screen*, 1962）、《晨猿·暮虎》（*The Monkey and the Tiger*, 1965）、《柳园图

---

① Carl Rollyson. *Critical Survey of Mystery and Detective Fiction*, Revised Edition. Salem Press, INC, printed in USA, 2008, p.1783.

谜案》（*The Willow Pattern*, 1965）、《广州谜案》（*Murder in Canton*, 1966）、《紫云寺谜案》（*The Phantom of the Temple*, 1966）、《太子棺谜案》（*Judge Dee at Work*, 1967）、《项链·葫芦》（*Necklace and Calabash*, 1967）、《黑狐谜案》（*Poets and Murder*, 1968）。这些"谜案"极受读者喜爱，不断再版、重印，直至2014年，还有麦克法兰图书出版公司（McFarland）的新版本出现。

"狄公案小说"的影响又渐渐从美国、英国、加拿大、澳大利亚、新西兰延伸到法国、德国、西班牙、荷兰、瑞典、芬兰、日本和中国。1982年，甘肃人民出版社率先在中国推出了陈来元、胡明翻译的《四漆屏》（*The Lacquer Screen*）。紧接着，中原农民出版社、北方妇女儿童出版社、北岳文艺出版社、中国电影出版社、海南出版社、贵州大学出版社等也各自推出了这样那样的"狄公案"全译本和节译本。与此同时，各种各样的续集、改写本也不断出现。

二

作为早期西方历史侦探小说创作的一个成功范例，"狄公案小说"展示了这一小说类型的诸多特征。首先，作为侦探小说，"狄公案小说"遵循侦探小说之父爱伦·坡（Allan Poe, 1809—1849）的"破案解谜六步曲"，亦即介绍侦探、展示犯罪线索、调查案情、公布调查结果、解释案情发生的原因和经过、罪犯的服输和认罪。其次，作为历史小说，它涵盖了历史小说之父沃尔特·司各特（Walter Scott, 1771—1832）所创立的大部分市场要素，如异国情调、哥特式气氛、英雄主义、骑士精神等等。而且，作者高罗佩本人，也像上面提到的许多当代历史侦探小说的作者一样，是个精通历史、熟悉考古且深谙中国文化艺术的专业人士，所研究的对象是当时并不被看好且有点冷僻的东方文化。

高罗佩，1910年8月9日生于荷兰聚特芬（Zutphen）。父亲是名医生，曾先后两次在荷属东印度（Netherland East Indies，今印度尼西亚）服役。高罗佩随父母侨居在殖民地，在当地学习汉语、爪哇语和马来语，由此对亚洲文化，尤其是中国文化产生了浓厚的兴趣。1923年，父亲退役，高罗佩随父母回到荷兰，定居在奈梅亨（Nijmegen）。1929年，高罗佩从奈梅亨市立中学毕业，入读莱顿大学，主修东方殖民法律、荷属东印度学以及中日语言文学。之后，他又到乌特勒支大学深造，学习现当代中国史以及藏文和梵文，并以论文《马头明王诸说源流考》（*Hay-agriva, the Mantrayanic Aspect of Horse·cult in China and Japan*）获得东方语言学博士学位。高罗佩的语言天赋和专业能力很快得到了认可。1935年，他被荷兰外交部录用为助理翻译，并被派驻东京任荷兰驻日公使馆二等秘书。1941年太平洋战争爆发，高罗佩与其他同盟国的外交人员一起被遣离日本。1943年3月，他从印度加尔各答来到中国重庆，出任荷兰政府驻重庆大使馆一等秘书。其间，他结识了同在大使馆秘书处工作的中国名媛水世芳。两人结为伉俪，先后育有三子一女。战争结束后，高罗佩离开中国回到海牙，出任荷兰外交部政务司远东处处长，一年后又去了美国，任荷兰驻美使馆顾问。1948年，他被任命为荷兰驻日本东京军事代表处顾问。1951年，他离开东京前往新德里，任荷兰驻印度大使馆文化参赞。1953年，他再次被召回荷兰，任外交部中东暨非洲事务司司长。1956年至1959年，高罗佩担任荷兰驻黎巴嫩全权代表。1959年至1962年又担任荷兰驻马来西亚大使。1965年，他作为驻日大使第三次被派驻东京。任上，他被诊断出患了肺癌，不得不返国治病。1967年9月24日，他在海牙辞世，享年五十七岁。

因为外交官职业的关系，高罗佩辗转海牙、东京、重庆、南京、华盛顿、新德里、贝鲁特、吉隆坡等地,工作异常繁忙。尽管如此,他不忘初衷,挤出时间从事自己所喜爱的东方语言文化研究。他的研究兴趣很广,琴棋书画、小说戏曲无所不包,而且成果颇丰,几乎每隔一至两年就出版一本书。1941年由日本上智大学出版的《琴道》(*The Lore of the Chinese Lute*)是西方第一本系统介绍中国古琴的专著。在书中,高罗佩基于大量中国古代文献,对中国古琴的起源和特征、琴人的心境和原则、琴曲的意义和内涵、演奏的象征和意象,做了详尽的论述。而1944年在重庆出版的《明末义僧东皋禅师集刊》(*Collected Writings of the Ch'an Master Tung-kao, a Loyal Monk of the End of the Ming Period*),则是一部填补中国佛学史空白的开山之作。该书成书时间长达七年,期间高罗佩遍访中日名刹古寺、博物馆院,共觅得东皋禅师遗著和遗物三百余件。1958年,他耗时十余年完成的《书画鉴赏汇编》(*Chinese Pictorial Art as Viewed by the Connoisseur*)在罗马远东研究社出版。全书内容分两部分,前一部分泛论中日屋宇的式样、书画的悬挂方法以及装裱技术的衍变,后一部分讲述毛笔的构造、墨的制作、纸绢的特质、书画真赝的鉴别,堪称一部东方艺术鉴赏大全。

不过,高罗佩的最大学术成当属中国古代性文化研究。1949年,因日文版《迷宫谜案》的一幅裸体封面图,高罗佩开始对中国古代性文化进行研究。他广集史料,探幽索隐,费尽周折收集历朝历代春宫画册,又参阅了一系列的明末情色禁书,终于辑成了中国古代性文化的拓荒之作《秘戏图考》(*Erotic Colour Prints of the Ming Period*,1951)。在这之后,高罗佩继续中国古代性文化研究,且时有新的发现。适逢荷兰图书出版商建议撰写一部面向更多西方读者的中国古代性文化著作,于是他便有了洋洋数十万言的《中国古代房内考》(*Sexual Life in Ancient China*, 1961)的问世。相比《秘戏图考》,该书的社会文化史研究气息更浓,且内容上有增补，还更新了许多旧的译文，添加了许多新的引文；观点上有修正，尤其是强调爱情的高尚意义，反对过分突出纯肉欲之爱。直至今日，该书仍是东西方性学家了解中国古代性文化的重要参考文献。

三

正是对于中国历史文化的研究，让高罗佩发现了《武则天四大谜案》等中国公案小说的价值，并选择性地翻译、出版了《狄公断案精粹》。在"译者前言"中，高罗佩指出，多年来西方读者所理解的中国侦探小说，无论是厄尔·比格斯（Earl Biggers, 1884—1933）的"查理·张系列小说"（Charlie Chang series），还是萨克斯·罗默（Sax Rohmer, 1883—1959）的"傅满洲系列小说"（Fu Manchu series），其实都是"误判"。真正的中国侦探小说是如《武则天四大谜案》这样的中国公案小说。而公案小说早在1600年就已经存在，时间要比爱伦·坡"发明"侦探小说的年代，或者柯南·道尔（Conan Doyle, 1859—1930）"打造"福尔摩斯的年代，早出几个世纪。公案小说多有特色，主题之丰富、情节之复杂、结构之缜密，即便是按照西方的标准，也毫不逊色。然而，由于一些文化传统的原因，迄今这类小说不为广大西方读者所知。他呼吁西方侦探小说作家应该关注这一被遗忘的角落，积极改写或创作以中国古代探案为主要内容的侦探小说。[①]鉴于和者甚寡，1950年，他尝试创作了以狄公为主角的《迷宫谜案》。

深厚的汉学修养以及对中国历史文化的痴迷，让高罗佩在创作这十

---

① *Celebrated Cases of Judge Dee: An Authentic Eighteenth Century Chinese Detective Novel*, Translated and with an Introduction and with notes by Robert van Gulik, Dover Publications, Inc, New York, 1976, pp. i–v.

六卷狄公案时有意无意地融入了较多的中国古代文化元素。"漆画屏风""柳园图""朝云观""紫云寺""红阁子"，这些关键词本身就是一幅幅色彩斑斓的风俗画，给西方读者以丰富的中国文化意象；而小说中的许多故事场景，如"迷宫""花亭""半月街""桂园""乐苑""黑狐祠""白娘娘庙""罗县令府邸"，更无疑是生动的中国建筑大览。此外，还有许多与案情有关的关键物件，如竖琴、棋谱、毛笔、画轴、香炉、算盘、绢帕，也不啻一件件极其珍稀的古文物展示，勾起了西方读者对中国传统文化的无限向往。

当然，最值得一提的是，"狄公案"蕴含的道家思想。在《迷宫谜案》故事刚一开始，高罗佩就描绘了一个仙风道骨的太原府狄公后裔。他头戴黑纱高帽，身穿宽袖长袍，胸前白髯飘拂，举止谈吐不凡。正是他，讲述了狄公当年在兰坊县任上所破解的三桩命案。之后，故事套故事，小说中又出现了一个鹤发童颜、双唇丹红、目光敏锐的道家隐士，他于狄公断案百思不得其解之际指点迷津。由此，狄公锁定了倪氏财产争夺案的元凶。

显然，高罗佩在暗示读者，狄公之所以能屡破谜案，是因为有"高人"相助，而这"高人"并非别的，乃是他所信奉的"清静无为""顺应天道""逍遥齐物"的老庄哲学。事实上，现实生活中的高罗佩也是一个老庄哲学推崇者。在《琴道·后序》，高罗佩曾经谈到自己的抚琴体会，认为其秘诀在于遵循老子说的"去彼取此，蝉蜕尘埃之中，优游忽荒之表，亦取其适而已"[①]。之后，他进一步明确指出："我认为道家思想对琴道衍变有决定性的优势，或者说，虽然琴道的产生及基本观念源于儒家，但内涵却是典型的道家。"此外，在《中国古代房内考》中

---

① Robert van Gulik. *The Lore of the Chinese Lute: An Essay in the Ideology of the Ch'in.* Sophia University, Tokyo, 1941, pp. xiii.

·8·

高罗佩也有类似的说法："道家从自己与自然的原始力量和谐共处的信念中得出合理结论，并固定下来，称之为道。他们认为人类的大部分活动，都是人为的，只起到疏远人和自然的作用，由此产生非自然的、人工的人类社会以及家庭、国家、各种礼仪、专横的善恶区分。他们提倡回复到原始质朴，回复到一个长寿、幸福、没有善恶的黄金时代。"[①]

四

然而，高罗佩并非不分良莠、一味地融入中国古代文化元素。高罗佩曾总结了《武则天四大谜案》等中国古代公案小说的五大"弊病"。首先，小说伊始即介绍罪犯，细述犯罪的经过和动机，从而丧失了故事基本悬念。其次，崇尚神鬼等超自然力量，断案判官能潜入冥王地府与受害者对话，动物、炊具也能上法庭做证。再有，故事冗长，情节拖沓，动辄数十章，甚至数百章。再有，出场人物过多，难以分清主次、理清线索。最后，惩罚罪犯过分，残忍地诉诸暴力。[②]

高罗佩"狄公案小说"的整个谋篇布局，沿用西方古典式侦探小说的创作模式，并突出运用了许多行之有效的创作技巧；譬如采用阿加莎·克里斯蒂式的"高度悬疑"，几乎每卷都有这样的设置，典型的如《紫云寺谜案》；又或如柯南·道尔式的"科学探案"，这一技巧的运用集中体现在小说主要人物形象的提升和重塑上。在高罗佩的笔下，狄公已经不单是那个为政清廉、刚正不阿、体恤民生、只凭聪明才智断案的

① Robert van Gulik. *Sexual Life in Ancient China: A Preliminary Survey of ChineseSex and Society from Ca. 1500 B. C. till 1644 A. D.*Leiden, E. J. Brill, 1974, pp. 42-43.

② *Celebrated Cases of Judge Dee: An Authentic Eighteenth-Century Chinese DetectiveNovel,* Translated and with an Introduction and with notes by Robert van Gulik,Dover Publications, Inc, New York, 1976, pp. ii-iv.

青天大老爷，而是博学、勤政、亲民的"公务员"，是依靠仔细调查和缜密推理破案的"科学"神探。他手下的几个随从，马荣、乔泰、陶干和洪亮，也一改"四肢发达、头脑简单"的性格描写窠臼，变成有血有肉、智勇兼备的破案搭档。作为一县之长，狄公不但熟悉辖区具体政务，还擅长同各种各样的人打交道，了解他们的喜怒哀乐和实际需求。他深谙犯罪心理学，勤于现场勘查，善于从蛛丝马迹中寻找破案线索，并层层剥茧抽丝，缜密推理。在《漆画屏风谜案》第五章，高罗佩以十分细腻的笔触，描述了狄公如何在沼泽地查看一具女尸的情景：

> 狄公重新掀开裹盖女尸的袍服。除了那袍服外，女尸一丝不挂，一把短剑从左侧乳房直插胸部，露出剑柄。剑柄周围有一摊干涸的血。他细看那剑柄，发现质地为白银，上面镂刻了美丽的花纹，不过年代已久，呈现出黑色。他断定，这把短剑是一件稀世古董，只因那个乞丐不识货，在盗窃耳环和手镯的时候，没有将它拔出带走。他摸了摸那乳房，表面冷而黏湿，接着又抬起她的一只胳膊，觉得还有弹性。看来，这个女人被害的时间不过几个时辰。他想着，这安详的神态、简便的发型、裸露的胴体、赤裸的双脚，都说明她是在床上熟睡时被害的。①

这段描写，与柯南·道尔在《巴斯克维尔的猎犬》中描述福尔摩斯现场勘查爵士死因简直有异曲同工之妙。不过，高罗佩没有无限拔高狄公，而是描写他有时也会被假象所蒙蔽，也会因怀疑自己判断有误而心虚。此外，他还有七情六欲，不但娶有三房夫人，还看见美丽、善良的女人

---

① Robert van Gulik. *The Lacquer Screen: a Chinese Detective Story*. The Universityof Chicago Press, Chicago, 1992, p. 52.

就动心。《铁针谜案》中暗恋郭夫人便是一例。

再如约翰·卡尔的"密室谋杀"。所谓密室谋杀，是指罪犯在一个完全封闭、看似无法出入的空间环境内所实施的谋杀，往往产生一种独特的惊悚、神秘的效果。高罗佩似乎谙于这一技巧，在大部分"谜案"中都有展示。《红阁子谜案》中的举人李琏和花魁娘子秋月先后"自杀"，显然是一种密室谋杀，因为两人均死在卧室，房门紧锁；而《朝云观谜案》中的前任住持玉镜"讲道时突然仙逝"，也是与密室谋杀不无联系，因为众目睽睽之下，凶手没有任何作案机会。

立足西方古典式侦探小说创作模式，选择性融入中国古代文化元素，一切以故事情节生动为准则，高罗佩的十六卷"狄公案小说"就是这样成为早期西方历史侦探小说的成功范例，同时也赢得世界千千万万读者的青睐。

黄禄善

2017 年 10 月 26 日

2020 年 12 月 1 日修订

黄禄善，上海大学外国语学院教授，上海作家协会会员、上海翻译家协会理事，英国皇家特许语言家学会中国分会副会长。译有《美国的悲剧》等十部英美长篇小说，主编过八套大中小外国文学丛书，其中由长江文艺出版社、花城出版社出版的"世界文学名著典藏"（精装豪华本）近二百卷。

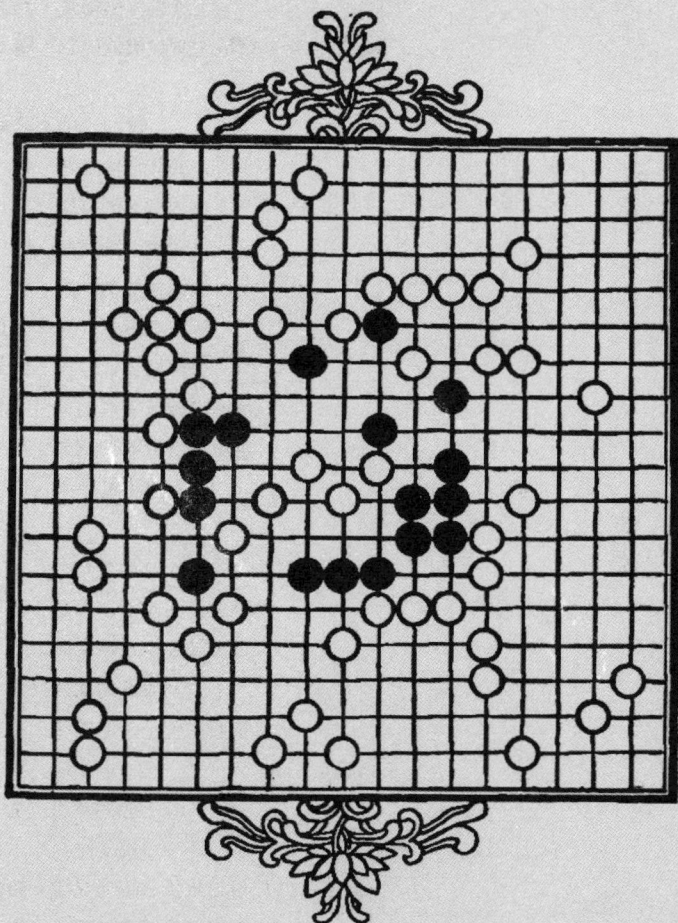

汉源城县令　　　　　　　　　　　　**狄仁杰**

狄仁杰最信任的随从，人称洪参军　　**洪　亮**

狄仁杰的随从　　　　　　　　　　　**马　荣**

狄仁杰的随从　　　　　　　　　　　**乔　泰**

《湖滨谜案》中成了狄仁杰的随从　　**陶　干**

汉源缙绅　　　　　　　　　　　　　**韩咏涵**

韩咏涵的女儿　　　　　　　　　　　**柳　絮**

汉源柳巷的舞姬　　　　　　　　　　**杏　花**

汉源柳巷的舞姬　　　　　　　　　　**牡　丹**

汉源柳巷的舞姬　　　　　　　　　　**桃　花**

汉源金银行会首　　　　　　　　　　**王员外**

汉源银器业会首　　　　　　　　　　**彭员外**

汉源玉器业会首　　　　　　　　　　**苏员外**

富甲一方的丝绸商人　　　　　　　　**康　伯**

康伯的弟弟　　　　　　　　　　　　**康　仲**

举人，私塾先生　　　　　　　　　　**蒋文祥**

蒋文祥的儿子，秀才　　　　　　　　**蒋佑璧**

寓居汉源的京城富商　　　　　　　　**刘飞坡**

刘飞坡的女儿　　　　　　　　　　　**月　仙**

茶商，蒋举人的邻居　　　　　　　　**孔员外**

木匠　　　　　　　　　　　　　　　**毛　源**

毛源的堂弟　　　　　　　　　　　　**毛　禄**

尚书省右仆射，致仕后退隐汉源　　　**梁孟广**

梁孟广的宗侄　　　　　　　　　　　**梁　奋**

牙侩，刘飞坡的心腹　　　　　　　　**万一帆**

大理寺卿　　　　　　　　　　　　　**孟　奇**

主要人物

湖滨谜案

目录

湖滨谜案

一

诗曰：

> 人间是非上苍录，何时起来何时休；
> 凡人岂可解天意，悲欢离合难参透。
> 大堂端坐父母官，可判生杀权如天；
> 天地正气若不顾，终留恶名臭人间。

我相信，效力于大明皇帝陛下二十余载，不可谓政绩不彰吧！先父为圣上操劳五十余载，官至尚书令，直至古稀之年谢世。三天之后，我也将年届四十，愿天依允，让我了此残生吧！

我常觉大脑昏沉，偶感清醒时，思绪也总是回到过去，那是我唯一的解脱。四年前，我被拔擢为大理寺卿时，年仅三十五岁，那时是何等荣耀！同僚们称羡不已，说我前途似锦。圣上赐我这座宽敞阔大的府邸，我亦感深受皇恩，并深以为傲，故喜欢拉着小女在美丽的花园里散步。她那时虽然年幼，但已能报出花之雅号。仅仅过了四年，一切都显得如此遥远，恍若隔世一般。

你这恶魂，此刻又步步紧逼，我惊惧万分，不断退缩，但又必须服从于你。你连片刻的喘息都不愿给我吗？你让我做的事，我难道没完成吗？一个月前，我刚从湖滨那不吉之地——注定要覆灭的汉源古城回来，立刻便为我女儿选定了出嫁的吉日。数日前，她不是已经完婚了吗？你还有什么可说的？我痛苦煎熬，人已麻木，再也听不清你的言语。你是说我女儿……非要了解真相？上苍有眼，天可怜见，真相定会让她伤心欲绝，心智崩溃……请不要伤害她！你说什么我就做什么，只是不要伤害我……好吧，我写！

给你写信，一个又一个不眠之夜，都是如此度过，旁边站着的就是你这无情的刽子手。你说过，别人看不见你。那么，被死神碰过的人，身上可有将死的征兆？难怪在空荡荡的走廊上碰到我的妻妾时，她们总是回身避开。还有在衙门里处理卷宗时，我总能看见那些下属盯着我看。当他们慌忙回避低头看案卷时，我分明看见他们手里紧紧握着的是近来才开始佩戴的护身符。他们一定觉得，我从汉源回来不只是染了重病。染病之人让人怜悯，可中邪之人往往让人避之不及。

他们并不了解内情。他们如果知道了真相，一定也会同情我，同情我被判了死缓，但还须自我了断。我自作自受，活该遭此折磨。在刽子手的威逼之下，我割下自己的肉，一片又一片。这些日子里，我写的每封信，寄出的每封密件，都像是活生生被割去身上的肉一般。于是，精心编织的帝国关系网，被一丝一丝地剪断。那一丝丝的网线代表着我破碎的理想、破灭的幻想和已成泡影的美梦。所有的一切都已荡然无存，没有人会知道真相。我甚至奢望，朝廷会在《邸报》上刊登我的讣告，赞许我年轻有为，却因痼疾发作而不幸辞世。没错，痼疾缠身，经年累月，只剩一具躯壳。

此刻，刽子手只需将长刀捅进心房，我这饱受折磨的囚徒便会一命呜呼，结束痛苦。然而，你这可怕的幽魂，为何非要延长我的痛苦？你不是称自己为花吗？那你为何要伤我女儿的心，令我肝肠寸断？她是无辜的，她什么也不知道呀……好，好，我听你的，你这可怕的女人！尽管如此，你说我还必须写下来，把一切都记录下来，好让我的女儿知道。为何上天不让我了断，而让我在你那残忍的手中痛苦地慢慢死去，好让我顿悟真谛。

好吧，我的女儿应该知道事情的真相。她应该知道我们如何在湖边偶遇，你如何向我提起那个古老的传说。这一切，她都应该知道。我发誓，只要苍天有知，女儿一定会原谅我。告诉你，她定会原谅我这个罪犯。可你不会原谅我，你满怀仇恨，你是仇恨的化身。你我将会同归于尽，永不复生。不要把我的手拿开，你让我"写"，我就写。愿上天慈悲，怜悯我……也怜悯你。为时已晚，此时我才认清你的本来面目，你不会无缘无故来找我。你阴魂不散，缠着那些罪行累累的家伙，直至把他们折磨死。

以下就是事情的真相。

那年，朝廷派我往汉源县调查一桩私吞公款的复杂案件，当地官员涉嫌牵涉其中。是否记得，那年春天来得很早，天气和暖，撩人心弦。我一时兴起，遂想带着爱女一同前往汉源县，可转念一想，便只偕最小的妾菊花同往，以解心中烦忧。菊花乃我之挚爱，不过，这些都过去了。到了汉源县，我才感到这一切都是徒劳。原以为离开她便可脱身，不承想她阴魂不散，时刻在我左右，甚至不时横在我与菊花之间，连摸摸菊花那双可爱细嫩的小手也不能够。

于是乎，我集中精力投入到紧张忙乱的案件调查中，以不受其干扰。大约用了六七天的时间，案件了结，主犯竟然是京师来的主簿，且对自己所犯罪行也供认不讳。离开汉源前夜，当地官员为表谢意，在柳巷举行盛大的宴会，为我饯行。柳巷乃歌姬云集之所，在汉源负有盛名。宴会的主人一再表示感谢，同时钦佩我能在如此短的时间内审结此案。他们说，很遗憾没有请来杏花为我献舞。那位叫杏花的舞姬容颜最美，舞姿最妙，连名字都与历史上的一位美人相同。可惜，杏花姑娘在宴会那天早晨失了踪影。主人似有不舍地挽留道，若是我能在汉源县多待几天，我定能为他们解开这个谜团！众人的溢美之辞令我酒兴大发，故比平时多喝了几杯。待深夜回到下榻的驿馆，我仍觉兴致很高，想着一切都会好起来的，也许可以就此摆脱那个阴影。

菊花正在房里等我。一袭桃红色的衣裙，衬得她姣好的身段甚是灵动。她望着我，双目娇俏，我正欲将她拥入怀中，突然间，那个我不能提起的阴魂出现了，令我木然。

我浑身剧烈地颤抖，胡乱编了个借口，跑到屋外的花园中。我感到胸口憋闷，想透口气，但花园里也是闷热难当，遂走出驿馆，来到湖滨。我从低头打盹的看门人身边偷偷溜了出去，走到行人稀少的大街。到了湖滨后，我站在那儿，一语不发，久久注视着平静的湖水，内心已是万念俱灰。我之煞费苦心的设计，所为何来？已非伟丈夫，他人怎能服？我终于想通了，只有一个办法能解决。

一旦做出决定，我反倒觉得安稳了许多。我解开紫色官袍的前襟，把高高的乌纱帽向脑后推了推，露出俱已汗湿的前额。我悠闲地一边踱步，一边想着在湖滨寻找个地方了断。我已释然，甚至还可以哼支小曲。趁着红烛摇曳，趁着美酒温热，离开这雕梁画栋的厅堂，岂不更好？我喜欢这湖滨美景。湖边杏花朵朵，欺霜傲雪，在春天的夜空里吐露着芬芳；湖水宽广，清冷的月光下，水波粼粼。

湖滨小路蜿蜒，在一个拐弯处，我看到了她。

她站在离湖很近的小路上，穿着白色的丝裙，系着一条绿色丝质腰带，鬓边插一朵白莲。她转身看到我时，月光照着她美丽的脸庞。刹那间，我感觉解开那个魔咒的女人终于出现了，我注定会碰到她，这是天意啊。

似乎心有灵犀，我径直走向她时，她也没有任何的客套，只是淡淡说道：

"今年春天的杏花开得真早啊！"

我答道："不期而遇，才是最美的。"

"是吗？"她微微一笑，语带讥讽反问道。"来，我带你看我刚才坐过的地方。"

她走到树林中，我紧随其后。来到靠近小路的空地上，我们肩并肩坐在茂密的草丛里，杏枝低垂，上面缀满了杏花，如华盖一般。

"多奇怪的地方，"我拉住她冰凉的小手，高兴地叹道，"好像到了仙境。"

她笑了笑，眼角余光瞟了我一眼。我搂着她的纤腰，吻住她圆润的红唇。

她解除了那个魔咒，那个令我痛苦的魔咒。她的怀抱让我感到温暖，两个人强烈的爱恋，治愈了我心中的伤痛。我喜不自胜，暗自思忖，一切都会好起来的。

她美丽的胴体光洁如玉，我漫不经心地在她胴体上用手指描摹着树枝投下的阴影，不知不觉便向她说出魔咒已被她打破的话语。她慵懒地拂去落在酥胸上的花瓣，坐起身，缓缓说道："很久以前，我也曾听过类似的传闻，"顿了一顿，又说道："告诉我，您可是县令大人？"

我指了指挂在树枝上的乌纱帽，月光正照在表示品阶的金牌上，苦笑着答道："比县令大，我是大理丞。"

她懂事地点点头，复又躺在草地上，秀气的头颅枕着圆润的

湖滨奇遇（高罗佩 绘）

手臂。

"那个古老的传说，"她沉吟道，"你应该喜欢。说的是几百年前有一个精明的县官，在汉源县任职，那时……"

我很久没有听到像她这样的声音了，温柔得让人难以拒绝；可当她沉默下来，便又感到一种不寒而栗的恐惧。我猛然站起身，穿上紫袍，束好腰带，把官帽戴在头上，沙哑着声音说道：

"莫要编造这稀奇古怪的故事来糊弄我。你这妇人，说吧，你如何探得我的秘密？"

她只是抬头望着我，迷人的嘴唇微颤，露出一种意味深长的微笑。

她秀美动人的样子瞬间平息了我的怒火，我跪倒在她身旁，大声呼喊着：

"你知道我的秘密又能如何？我不在乎你是谁，也不在乎你过去是什么身份。因为我的计划比你方才所说要周全百倍。我对天发誓，唯有你，也只有你，才是我的最爱！"我温柔地望着她，拿起她的衣裙，又道："湖上起风了，小心着凉。"

她缓缓摇了摇头。我站起身，把丝质的衣裙盖在她裸露的身上。这时，附近传来嘈杂的人声。

空地上走来几个男人，我窘迫万分，于是用身子挡在那草地上躺着的妇人前面。一位长者朝我身后飞快地瞥了一眼，我认出他便是汉源县令。他深施一礼，钦佩地说道：

"大人，您已经找到杏花了！今晚我们去到柳巷她的房间，看到她的留言，遂朝这个方向寻来。因湖里有一股水会流到这个湖湾。实在令人惊叹，大人您居然在我们之前便已探得真相。但是，大人您不必费事地把她从湖边拖到此处！"他转身吩咐手下："拿担架过来！"

我回身望去，只见她白色的衣裙湿漉漉的，如尸布一般紧裹在她身上，她脸上没有一点生气，水草粘着湖泥与她的几缕头发缠在一处，紧贴在脸上。

夜幕降临，狄公正在大堂二楼的露台上品着香茗。他端坐在雕花汉白玉栏杆旁的太师椅上，俯瞰着眼前的景致。

此时已是万家灯火，真可谓层台累榭，尽显繁华。远处湖面宽阔，波平如镜，湖水深幽；更远处则浓雾迷蒙，锁住了湖对岸的山峦。

白天赤日炎炎，入夜后仍闷热难当，树叶儿一丝不动。

织锦官服委实约束得紧，狄公颇不自在地抖抖肩膀，旁边的老人一言不发，关切地望着主人。今晚，汉源士绅要在湖边的花船上设宴，为狄公上任接风。狄公心中暗想，若天气闷热如此，盛宴也难以让人尽兴。

狄公缓缓捋着胸前的黑须，漫不经心地看晚归的渔夫把渔船奋力划回码头。待远处豆大的渔船在视线中消失，他猛然抬头说道：

"参军，这汉源城四周没有城墙，我总是觉得不太习惯，总觉得有点……不踏实。"

"汉源离京城两百里不到，"老人说道，"京城的御林军离此不远，况且，尚有府兵在此驻防……"

"我自然不是说兵家之事，"狄公不耐烦地打断了他的话，"我说的是汉源城。此地民情复杂，我等初来乍到，很多事情难明就里。若有城墙防护，晚上城门一关，一切尽在掌握之中。但这汉源城并无城墙，又依山而建，城郊山湖相连，各色人等皆可随意出入。"

老人捋了捋稀疏的花白胡须，一时语塞。老人叫洪亮，是狄公忠心耿耿的随从。当年，他是狄家的仆从，狄公年少起便一直由他照顾。三年前，狄公初任蓬莱县令，他不顾年事已高，仍然坚持陪同前往，遂被任命为参军，虽是闲职，实际上却是狄公的高参，深得狄公信任，他也毫无保留地为狄公筹谋。

狄公顿了一顿，接着又道："洪亮，我们到此地已有两月，可县衙尚未接过一桩要紧的案子。"

洪亮答道："这表明汉源百姓循理守法，大人。"

狄公摇了摇头，道："非也，洪亮。这反倒是有人在刻意隐瞒。如你方才所说，汉源就在京师附近，可这湖滨山城，多少有些偏僻，鲜有外人在此定居。再者，城内关系盘根错节，但有风吹草动，总有人会竭力隐藏，不让官府知道。在他们看来，县令毕竟是外人嘛。洪亮，我再说一遍，此地民情复杂，眼见未必为实。况且，还有湖上那些离奇的传闻——"

狄公欲言又止。

"大人可信那些传闻"？参军急切地问道。

"相信？我才不会轻易相信。不过，据说去年就有四人命丧湖中，至今尸体尚未找到，所以我——"

话音未落，两位身着褐色便服、头戴玄色弁帽的健壮男子上到露台。他们是狄公的另外两名随从，马荣和乔泰。两人身高皆七尺开外，肩宽颈粗，一看就是身经百战、武艺高强之人。马荣向狄公抱拳施礼，道：

"赴宴的时辰快到了，楼下官轿已然备妥。"

狄公站起身，定睛细看眼前的两个男子。马荣和乔泰以前是道上的"绿林好汉"，三年前在一条偏僻的路上曾抢劫过狄公。两人与狄公一番缠斗之下，都为狄公的坚定无畏所折服。他们放弃强盗的营生，愿意追随狄公。狄公为其诚意所动，遂收用二人。日后之事证明，狄公英明，两位壮士对狄公忠心耿耿，抓捕凶犯和执行公务皆尽职尽责。

"我适才还跟洪参军提起，"狄公对两个随从说道，"汉源城民情复杂，我们不过是被蒙在鼓里。花船宴开席后，你们两位尽可劝人畅饮，与他们随意闲聊，好打探些消息。"

马荣和乔泰咧嘴大笑，两人素喜饮酒，自然是心中欢喜。

四人顺着石板楼梯下楼，来到县衙中庭，狄公的官轿已然备妥。狄公和洪参军同乘一轿，十二名轿夫用长满老茧的肩膀抬起了轿杠。两名衙役提着写有"汉源县衙"字样的纸灯笼在前面开道。

另有几名衙役打开厚重的、镶着铁钉的县衙大门。一行人来到街上，马荣和乔泰跟着轿子，身后还跟着六名身着皮甲、束红腰带、头戴铁盔的官兵。台阶陡峭，轿夫步履稳健。众人向城中一路走来，不久便来到文庙前的闹市。市场上熙熙攘攘，人们在点着油灯的小摊旁闲逛着。开道的两位衙役敲响铜锣，大声喝叫："回避，回避，县令大人驾到！"

百姓恭敬地退到道路两边，男女老少皆敬畏地目送众人离开。

狄公众人一路前行，穿过穷人居住的街巷，来到了靠近湖滨的大街，约莫又行了一里半，便拐进一条小巷。两旁的柳树如茵，故名"柳巷"，乃歌妓舞姬云集之处。柳巷内，屋子外面都挂着五颜六色的小灯笼，相当花俏；丝竹弦歌，余音缭绕；姑娘们穿着华丽的裙衫，挤在红漆回廊处，一边兴高采烈的喋喋而语，一边低头注视着狄公一行。

马荣素来贪杯好色，且颇为自命不凡。他急切地抬头望向回廊，仔细端详廊上那些美人，不想竟引起一位女子的注意。这女子面似银盘，正斜倚在那所大屋子的回廊栏杆上。马荣用力地抛了个媚眼，女子也回以动人的微笑。

轿夫们把官轿停在栈桥上，早有几位身着锦袍的士绅在那里迎候。一位身材高大的员外上前一步，向狄公恭施一礼。此人身穿紫袍，紫袍上绣着金色团花图案，乃汉源地主、名流韩咏涵。此人家私万贯，在汉源居住已有数代，其宅院与县衙为邻，皆位于山城半山腰。

韩员外请狄公一起登上停在码头边的大花船，花船的前甲板与码头齐平。主舱廊檐上挂满了彩灯，照得船上灯火通明。众人进舱门步入宴会厅，坐在门口的乐人们遂奏起欢快的迎宾曲。

踏着厚厚的地毯，韩员外领狄公走到宴会厅深处的主桌贵宾席就座。狄公坐在上首位置，其他宾客则陆续坐在后面稍矮的两张桌子旁，与主桌相对，形成"丌"字状。

狄公饶有兴趣地打量一下宴会厅四周，曾听人谈起韩员外的这艘花大船，乃饮酒高会之所，可品尝美酒佳肴，又有美女陪伴，亦可春宵一度。当晚宴会之奢华，超出了狄公的想象，宴厅进深将近三丈，两端垂着竹帘，红漆舱顶上挂着四盏彩绘大灯笼，立柱纤细却精雕细琢、金光灿灿。

船身微曳，离开了码头。乐声止，船舱里响起船夫们有节奏的划桨声。

韩员外向狄公一一引见其他的宾客。右边桌子上首坐着的腰背微驼、身体清瘦的老人，是汉源县丝绸富商康伯。康伯起身，先后三次向狄公躬身致意，狄公见他略有些紧张，嘴唇微颤，眼神飘忽。康伯旁边坐着的是他的胞弟康仲，大腹便便，傲睨自若。狄公不禁心中嘀咕，这弟兄俩之品貌为人竟如此大相径庭。同桌的第三位客人身体富态，气度不凡，乃汉源金店掌柜王员外。与之对桌的上首位置坐着一位身材高大、体格魁梧的男子，穿一领绣金褐色长袍，戴一顶薄纱方帽，面色阴沉微黑，不怒而自威，满脸的络腮胡黝黑粗硬，似官场中人。韩咏涵向狄公介绍说，此人叫刘飞坡，乃客居此地的京城富商，在汉源置有豪宅，以避暑气。同桌的其他两位客人分别是银器行掌柜彭员外和玉器行掌柜苏员外。这两人相貌迥异，狄公颇感惊异。彭员外消瘦老迈，双肩窄削，长须花白；而苏员外虽则一副后生模样，身材高大，宽肩粗颈，如习武之人，但面相粗犷，神情郁郁寡欢。

韩员外击掌示意乐人，令演奏一首欢快的乐曲。四名仆人从狄公右手的边门进来，手捧装有冷碟的托盘，端着几锡壶温热的酒。韩员外举杯致意，祝词开筵。

韩员外一边品着鸡鸭冷盘，一边彬彬有礼地叙谈，果然是位品位不凡、博古通今的雅士。然而，狄公发现，他虽言辞谦恭有礼，但却略显冷淡。宴席开始，他看起来颇为拘谨，礼貌周全，然而酒过三巡，也便放松了许多。他笑着说道：

"大人才干一杯，鄙人可已连干了五大杯啦！"

"狄某亦喜美酒，"狄公应道："且值此盛会，定然开怀痛饮。韩员外如此盛情，实在盛情难却！"

韩咏涵躬身回道："汉源乃弹丸之地，我等唯愿大人起居安康，安心顺遂。遗憾的是，我等村夫愚民，不配陪伴大人左右。再说这穷乡僻壤之地，日子太过平淡无奇。"

"我已略略阅过县衙卷宗，"狄公说道，"汉源百姓勤勉守律，确乃本县之幸事！至于鲜少名流贤达之说，诸位何必过谦。韩员外人中俊杰自不用说，朝廷宰辅梁孟广大人不也是将汉源选作自己的致仕养老之地吗？"

韩咏涵遂向狄公又敬了一杯，然后说道：

"梁大人退居汉源，我辈甚感荣幸！可惜，梁大人这半年来身体抱恙，我等未能当面受教，甚感遗憾。"

韩咏涵说罢，一饮而尽。狄公暗叹韩员外海量，遂接过话头说道：

"半月之前，狄某曾求见梁大人，亦因他身体抱恙未能得见。想必无甚大碍吧？"

韩员外似有犹豫，向狄公回道："梁大人年届九旬，虽为风湿、眼疾所扰，身体也算安泰。然而，这半年来，颠顶糊涂，神志大不清爽……呃，大人您不妨问问刘先生，他们两家的花园毗连，想必见到梁大人的机会更多些。"

"乍听之下，颇感意外，"狄公感叹道："刘先生本是商贾，但仪态举止与官宦无差。"

"他差点就中了举人，"韩员外低声说道："刘先生家乃京师名门，也曾苦心攻读，立志进学。奈何两次不第，万分痛苦，一气之下，乃弃文经商。殊不知，他商场得意，遂成京师富户。刘家生意兴隆，商号遍布南北，因此也好四方走动。不过，请大人莫要提及此事，早年科场失意，他至今仍耿耿于怀。"

狄公点头应允。在与韩员外推杯换盏之际，狄公漫不经心地听旁边桌上的客人闲谈。康仲喝到兴起，遂举起酒杯，对刘飞坡大声说道：

"小弟向刘先生贺喜！祝令爱夫妻百年好合，白头偕老！"

众人皆拊掌称贺，但刘飞坡只略一躬。韩咏涵忙向狄公解释道，刘飞坡的女儿月仙昨日出阁，嫁的是原县学教书先生蒋举人的独子。婚礼在城那边的蒋府举行，热闹空前。韩咏涵大声说道："只可惜蒋老夫子今天未来，原本应承要来，临了又借故推了。在下猜测，怕是喜酒太烈，喝醉了吧！"

此言一出，引得众人哈哈大笑起来。刘飞坡似有不爽，但也只摇了摇头，未再理睬。狄公猜想，刘飞坡或许在婚礼上喝多了酒，尚未醒过神来吧。如此想着，他遂也向刘飞坡道贺："未及登门祝贺，深感遗憾。若与蒋公交谈，一定受益良多。"

"在下乃一商贾，学问浅陋，"刘飞坡绷着脸，不悦道："不想故作风雅。但在下听说，满腹经纶者未必德高。"

一时场面尴尬，众人无语。韩咏涵急忙朝仆人打个手势，令他们卷起竹帘。

众人纷纷停箸，欣赏湖中夜景。船至湖心，湖水浩渺，远处的汉源城灯光点点。花船停在湖心，船身随着波浪轻轻摇荡。而船夫们此时正喝着米粥。

突然，狄公左边的水晶珠帘叮当作响，遂被拉至一边。六名姑娘走进大厅，向众宾客万福行礼。

韩咏涵为自己和狄公挑了两位姑娘留下，其他四位遂去了另外两桌。韩咏涵介绍狄公身边的姑娘，说她叫杏花，舞姿不凡。狄公见她低眉垂目，但仍看得出面貌端秀，只略显冷淡而已。另一位姑娘名唤牡丹，性格活泼开朗，说到她时，她忙回以微笑。

杏花为狄公斟酒，狄公问她年纪。她颇有涵养地柔声说年近十九。她的口音让狄公想起自己的家乡，狄公又惊又喜，问道：

"姑娘可是并州人氏？"

她抬起头，点头称是，神色却颇有些凝重。狄公见她眼如秋水，明眸暗转，乃一绝色佳人，但眼中闪着一丝阴沉忧郁，这在妙龄女子身上略显怪异。

"本县亦并州人氏，太原狄家，"狄公说道："姑娘祖籍何处？"

"小女子祖籍平阳。"姑娘轻声答道。

狄公用自己的酒杯请杏花满饮一杯，明白姑娘为何忧郁。平阳在太原以南，路途不过四百余里，却自古以巫术知名。当地妇女擅长巫术，常以施法念咒驱病，甚至有妇女以招魔出名。狄公有些纳闷，这个美丽的女子，显然出自并州良家，缘何远离故土到汉源操此营生。他与杏花谈起了平阳风物，聊到了当地名胜。

同桌的韩咏涵正与牡丹忙着饮酒行令，对诗联句，负者立刻罚酒一杯。韩咏涵显然是负多胜少，声音已含糊不清。他靠在椅上，微笑着望向众宾客，一脸的温和。狄公见他眼皮沉重，似在打瞌睡。牡丹转到桌前，饶有兴致地看韩咏涵睡眼蒙眬、强打精神的样子，不禁咯咯地笑了起来。

"我再给他端些热酒来！"她隔着桌子对站在韩咏涵与狄公之间的杏花说道。牡丹回身来到康家兄弟桌前，提起仆人刚放下的酒壶，给韩咏涵斟了满满一大杯。

狄公端起酒杯，韩咏涵已是鼾声微起。狄公有些不郁，心想，如果众人皆喝得人事不省，这宴会不仅无趣，而且不知如何收场。他须得设法尽早离席才是。正待他拿起酒杯，忽听得杏花在他耳边轻声低语，字字真切：

"大人，待会儿小女子有事禀报。城里有人正策划一场危险的阴谋，切切！"

二

狄公听杏花如此说，待要回身去问，却见杏花避开了他的眼睛，伏在韩咏涵肩上。韩员外此时鼾声已止，牡丹双手捧着满满一杯美酒，正往主桌走来。杏花眼睛依然望向别处，口里却急急问道：

"大人可会下棋，因为……"她突然止住，因为牡丹已站在桌前。杏花探身接过酒杯，送到韩员外嘴边。韩员外急忙一饮而尽，大笑着说道：

"你这丫头，实在冒失！当我拿不稳酒杯吗？"他一把揽过杏花，拉到自己身边，说道："给大人跳几段你拿手的，如何？"

杏花微微一笑，点头应允，遂巧妙地挣脱了韩咏涵的怀抱。

她向众宾客略施一礼，便消失在水晶帘子后面。

韩咏涵开始胡扯什么汉源歌伎擅长跳种种古老的舞蹈。狄公心不在焉地点头附和，心中却琢磨着杏花方才的话，郁闷无聊一扫而光。他的直觉很准确，城中果然潜伏邪恶！等杏花献舞之后，他须得立即找机会单独与她详谈。倘若这歌伎伶俐，她便有机会从宴会上客人们的交谈中探听到许多的秘密。

少顷，管弦齐鸣，伴着鼓点，乐师们奏起了撩人的曲子。两位舞姬款步走到宴厅中央，跳起了剑舞。她们各持一柄长剑，点劈撩刺，莲步轻移，双剑相击，发出铿锵声响，与激扬的鼓声相和。曲终舞止，众宾客热情地鼓掌喝彩。狄公亦是赞不绝口，但韩员外却轻蔑地说道：

"不过是雕虫小技，算不上舞艺精湛。您等着欣赏杏花的舞姿吧。看，她来了！"

杏花玉立于地毯中央。只见她只着一袭薄如蝉翼的白色丝裙，宽袖及地，腰间系着绿色的腰带，轻盈的一条绿色长披帛，萦绕于身，飘然曳地；一头秀发绾成高髻，鬓间插一朵洁白的莲花，更显雅致高洁。她抖动长袖，示意乐师奏乐，玉笛遂奏起了奇异的旋律，宛若仙乐一般。

她缓缓将玉臂抬起，举过头顶；双足未动，腰肢却随着音乐节拍摇摆，薄薄的衣裙衬托出她婀娜娇美的身姿。狄公暗叹，此女风姿婀娜百般丽，乃世间罕有。

"这就是霓裳羽衣舞。"韩咏涵沙哑着嗓子在狄公耳边低语道。

伴着响板的节奏，杏花放下双臂，与肩平齐，纤纤玉指夹起披帛两端，舞动双臂，柳腰轻摆，碧绿的披帛萦绕于身，如波浪般起伏。顷刻间，古琴和胡琴齐奏，轻快而欢乐。她则摆动双膝，带动全身，如荡起的涟漪，但身子却未挪动半步。

狄公从未欣赏过如此曼妙的舞姿。杏花双目微垂，冷漠中略有些孤傲，可扭动着的身体却艳丽迷人，如一团熊熊燃烧的火焰，撩人心魄。突然，白色的衣裙从她肩头滑落，露出那浑圆美丽的双乳。

狄公感觉到杏花身上散发出的强烈的女性魅力。他目光扫向其他的宾客，却见老迈的康伯根本未在意美丽的舞娘，眼睛虽盯着自己的酒杯，可神思早已飘忽其外。可他那胞弟的目光却须臾不忍离开杏花，眼睛看着杏花，跟身边的王掌柜低语一阵，两人遂诡秘地笑了起来。

"那两位根本不是在谈论什么舞蹈！"韩咏涵冷冷言道。显然他陶醉于霓裳艳舞，但并未影响他留意众宾客。

彭、苏两位掌柜心醉神迷地望着舞娘。刘飞坡紧张、怪异的神情引起了狄公的注意。他正襟危坐，摆出一副蛮横的模样，黑髭下，两片薄唇紧抿着。狄公觉出他两眼冒火，神色颇为怪异。他分明感到那里面隐藏着一种强烈的仇恨，还有一种深深的绝望。

乐曲转而柔和起来，渐渐成为温柔的私语。随着乐声，杏花踮着足尖飞旋起舞，任长长的袖子和薄薄的披帛萦绕飞舞。此时乐曲遽然如水浪般动荡起来，杏花也越舞越快，双足敏捷，似乎不曾落下，仿佛在绿色披帛和白色水袖萦绕的云中翻滚。

忽听得锣声震耳响起，乐声戛然而止。杏花踮着足尖，屹然挺立，依然双臂举过头顶，若一尊玉雕仙女，唯见她裸露的酥胸仍微微起伏。偌大的宴会厅鸦雀无声。少顷，她放下手臂，把披帛搭在肩上，向狄公的桌子躬身致谢。雷鸣般的掌声响起时，她已快步走到厅口，消失在水晶帘后面。

"超凡绝伦，简直无人能及！"狄公向韩咏涵赞道，"杏花姑娘真可以为圣上献舞助兴！"

"刘公的朋友也曾这样说过！"韩员外说道。"此人是京师大员，在柳巷见过杏花跳舞后，随即对杏花的院主提出要举荐给圣上的内廷总管，但杏花姑娘怎么都不肯离开汉源。身为汉源百姓，我等对此感激不尽！"

狄公起身离桌，举起酒杯向汉源的绝色美姬祝酒，众宾客也起而响应。他旋即走到康伯身边，礼貌地寒暄交谈。韩咏涵也起身走到乐师们身边，向班主道贺致谢。

老迈的康伯显然是喝多了，干瘦的脸上起了红斑，眉毛上也挂着汗珠。但狄公问及汉源商贾行情等等，他回答得亦是有条有理。过了片刻，只听他的胞弟微笑着言道：

"托大人的福，我兄长这下总算略展愁眉，一展笑颜了。几日来，一桩本来包赚不赔的买卖让他忧心不已！"

"包赚不赔？"康伯恼怒地叫道。"把钱借给万一帆那样的人还敢说包赚不赔？"

"人常说，赚钱就要担风险！"狄公劝慰道。

霓裳羽衣舞（高罗佩 绘）

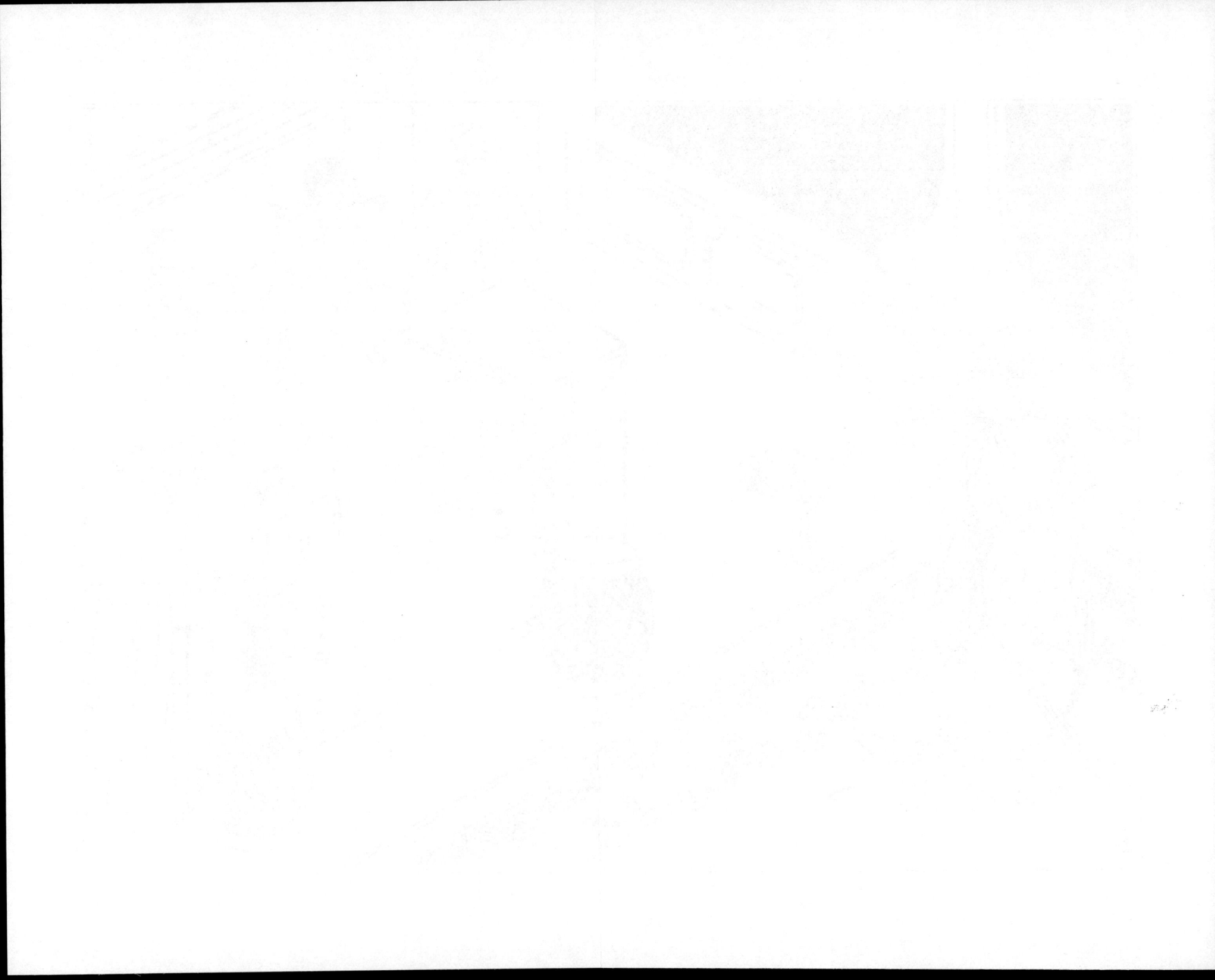

"万一帆绝非善类!"康伯小声抱怨道。

"傻瓜才会相信那些所谓的坊间传言呢!"康仲尖刻地说道。

"你……你,自家兄弟,你怎可出言不逊!"康伯被气得结巴起来。

"自家兄弟才会实话实说!"康仲反驳道。

"呵呵,"狄公听见有人低沉着声音说道,"岂可为钱财这种小事吵闹到如此地步!让狄大人如何看我汉源人物!"

狄公回头,见是刘飞坡。只见他提来酒壶,正忙着给康家兄弟斟酒,兄弟俩也就顺从地干了一杯。狄公向刘飞坡问起梁大人的病情:"听韩员外说,刘先生家与梁大人宅院相邻,想必时常见面吧?"

"近日见面甚少,"刘飞坡恭敬答道:"半年前,倒是常见面的。两家宅院本有角门相通,梁大人常让我陪他在后花园散步。无奈梁大人时常恍惚,说起话来也慢慢语无伦次起来,有时竟连我都认不得了,不断问我姓甚名谁。如此算来,我也有数月没见到他了,实在可怜啊,大人。多聪明的人都有糊涂的时候呀。"

这时,彭掌柜和王掌柜也凑了过来,韩员外遂提着酒壶坚持要亲自为两位掌柜斟酒。狄公与彭、王二人寒暄几句,便回到自己的桌子。见韩员外还在与牡丹嬉笑,他问道:

"杏花怎么还未回来?"

"哦,她马上就回来!"韩咏涵满不在乎地说道。"这些个姑娘们,在脂呀粉呀的上面总是花太多时间!"

狄公急忙四下一望,见众宾客皆已落座,开始品尝起第二道菜——酿鱼，四位姑娘在边上为客人斟酒，唯独不见杏花姑娘。

狄公匆匆吩咐牡丹道：

"快去梳妆间，唤杏花姑娘来，我们大家都在等她。"

"哈哈！"韩咏涵大声说道，"一个乡下丫头，大人如此垂怜，真乃汉源之幸！"

出于礼貌，狄公也跟着众人笑了起来。

须臾，牡丹回禀道：

"好奇怪啊。妈妈说杏花离开梳妆间很久了，我每间舱房都找过了，就是找不到她！"

狄公听罢，遂找了个借口，起身出了右手边门，来到船的右舷。

走到船尾，狄公见几个人正喝酒闲聊。洪参军、马荣和乔泰背对船舱坐着，各人膝间夹着个酒壶，手里拿着酒杯。六七个仆人与他们相对围坐，正兴致勃勃地听马荣吹牛。那身材魁梧的家伙一拍大腿说道："就在这紧要关头，床塌了！"

众人一阵哄笑。狄公拍拍洪参军的肩膀，参军抬头见是狄公，遂赶紧用肘捅了捅身边的两位同伴。三人马上跳将起来，跟着狄公来到船的右舷。

狄公告诉他们杏花姑娘不见了，怕是已遭遇不测。"你三人可见一个姑娘走过？"他问道。

洪参军摇了摇头，答道："大人，没见过。我三人一直面朝船尾坐着，前面就是进入厨间和船舱的敞门。仆役们进进出出的，但没见有女人出入。"

正说着，两个仆役端着汤碗从厨间上来，向宴会厅走去。他们告诉狄公，自杏花姑娘去换装便再也没见出来。"我们一般见不到她，"年长的仆役说道："按规矩，我们这些伙计只被允许在右舷走动。舞姬们的梳妆间都在左舷，主舱的门也在左边。除非有人招呼，我们一般不去左舷。"

狄公点头会意，遂带着三名随从又回到船尾。仆役们正和舵手窃窃私语，显然船上出了什么大事。

狄公从船尾绕到左舷，见主舱的门半掩着，探头一看，发现靠舱壁放着一张紫檀雕花卧榻，榻上铺着锦缎被褥，靠后舱壁的一张案几上，两支插在银烛台上的蜡烛正燃着，舱房右边摆着一张紫檀梳妆台和两张几凳。舱中空无一人。

狄公急忙继续往前走，透过船舱侧的纱窗向舱内望去。显然这便是舞姬们的梳妆间，一个身穿黑色绸衣的胖妇人正坐在椅子上打盹，旁边一个丫鬟在叠舞衣。

最后一扇窗户是会客舱的窗户，也开着，但里面也没人。

乔泰问道："大人可查了花船的顶层？"

狄公摇摇头，随即赶忙经船舱陡梯登上舱顶。他想，也许杏花想上去透透气也未可知，但一看，上面也没有人。他下了梯子，站在舱口良久，若有所思地捋着胡须，牡丹的确找遍了船舱，但就是不见杏花的踪影。

"到其他船舱去看看，"他向三位随从吩咐道："别放过浴堂！"

狄公重又回到船的左舷。他靠在挨着舷梯的栏杆上，双手抱臂，拢在宽袖内，望着幽幽的湖水。此时湖面上没有一丝风，狄公只觉得闷热难当。宴会大厅里，宾客们频频举杯，有的窃窃私语，有的听着小曲。

透过栏杆，狄公注视着彩灯在水中的倒影。突然，他僵在了那里，湖水之下，露出一张苍白的脸，双目圆睁，一动不动。

三

一看便知，那便是他要找的杏花。

狄公正待要从舷梯下去，见马荣已到了船尾与右舷相交处。他一言不发地指了指尸体。

马荣骂了句脏话，立刻下到舷梯处，从齐膝深的水里抱起杏花的尸体回到甲板。狄公引他来到主舱，将尸体置于卧榻之上。

"这可怜的女人比我想的还重啊！"马荣一边拧着湿衣服，一边说道。"我猜，她的衣服里放有重物。"

狄公没有理会马荣的话，只低头端详着死者的脸，见那双眼睛直盯着自己。杏花还穿着那身白色舞裙，只是外面罩了一件绿色织锦长袍。湿漉漉的裙子紧贴着她娇美的身躯，让人不忍直视。

狄公不禁打了个寒战，方才她还在宴厅翩翩起舞，此时已香消玉殒。

狄公不敢再痴想下去，遂俯下身子，仔细检视右边太阳穴上一处暗紫的瘀伤。他试着用手合上死者的双眼，但却不能合上，眼睛仍旧睁着。狄公只好从袖中取出手帕盖在死者的脸上。

洪参军和乔泰此时也走进主舱，狄公见是两人，回身说道：

"这便是舞姬杏花，竟然在我眼皮底下惨遭杀害。马荣，你到外面把守，不许人经过这里，莫要让人打扰我们，也莫要向外透露此事。"

狄公抬起死者瘫软的右臂，在衣袖里摸索片刻，遂费力拿出一只铜香炉，炉中的香灰已成灰泥。他将香炉递给洪参军，径直走到靠墙的几案，发现两个烛台之间红色织锦的桌布上有三个细小压痕，赫然在目。他示意洪参军将香炉放上去，香炉的三足恰好与压痕吻合。狄公在梳妆台前的凳子上坐下，神情愤然。

"这凶手的手段倒是干净利落，一招毙命啊！"狄公愤怒地对洪参军和乔泰说道，"凶手将杏花诱至此处，从身后将她击昏，然后又将铜香炉放在她的袖中，把她扛到外面沉入水中，想的是让她就这么悄无声息地沉入湖底。"慌乱之中，凶手没有想到，杏花的袖子被舷梯上的钉子钩住。她还是被淹死了，因为放了香炉的袖子拖着她没进了湖里，虽然只有几寸。狄公疲惫地用手搓了搓脸，遂又吩咐道："参军，察看一下那只袖子，看里面有什么东西！"

参军把杏花的袖子彻底搜查了一番，只发现一沓俱已湿透的红色拜帖，是杏花平日待客用的，还有一张折起来的纸片。狄公接过参军呈上的两样东西，小心翼翼地打开纸片，洪参军和乔泰齐声叫道："原来是一幅棋谱残局！"

狄公点头称是，想起了杏花的最后一句话，于是说道："参军，把你的手帕给我！"他将棋谱仔细包好纳入袖中，起身走出舱门。

"你在此把守！"狄公又吩咐乔泰道。"洪参军和马荣随我一道去宴会大厅，我要即刻开始调查此案。"

三人返回宴会大厅的路上，马荣言道：

"不管怎么说，我们不必舍近求远，大人！凶手必定还在船上！"

狄公一言不发，带着两个随从穿过水晶帘步入宴会大厅。此时，宴会已近尾声，宾客们吃着宴会最后的主食——米饭，谈兴正浓。一见狄公进来，韩咏涵大声招呼道：

"大人来得正好，我等正要上船顶赏月呢！"

狄公并未搭话，而是用手指使劲敲着桌子，大声喊道："请各位肃静！"

众人看着狄公，皆感愕然。

只听狄公朗声道："首先，本县感谢各位的盛情款待。可惜，委屈各位，宴会到此结束。从即刻起，我将行使县令之职，向在座的各位问话。本县履行公务，须对大唐社稷尽职，也要对包括诸位在内的黎民百姓负责。"说罢，他回身对韩咏涵命道："韩员外，请离席！"

韩咏涵起身，茫然不知所措，见牡丹把自己的椅子挪到刘飞坡的桌旁，遂赶紧过去坐下，并用手揉了揉眼睛。

狄公将椅子移到主桌正中，马荣和洪参军站在左右两侧，只听得狄公不慌不忙地说道：

"本县在此临时升堂，是为审理舞姬被杀一案。"

狄公飞快扫了众人一眼，见多数人对他所言似懂非懂，满脸茫然。狄公遂命洪参军带船主立刻上堂，并准备好笔墨纸砚。

韩咏涵总算稍稍镇静了一些。他低声与刘飞坡商量片刻，待刘飞坡点头称是，便起身说道：

"大人，如此审案未免太过唐突。在座各位皆是汉源缙绅，还望——"

"证人韩咏涵听着，"狄公冷冷地打断了他的话，"请回到座位上，本县问你，你再说！"韩咏涵一听，面色羞惭地跌坐在椅子上。洪参军此时带着一个满脸麻子的男人来到狄公桌前，狄公命令船主跪下画出花船的草图。当船主颤抖着双手画出草图时，狄公仔细审视着众人，目光犀利。一场喜庆的聚会突然变成凶案调查，众人已彻底清醒，也深感狼狈。船主画好草图，恭敬地呈给狄公。狄公则将草图推给洪参军，命他补上宴席现场的位置并标出宾客的姓名。洪参军叫一个仆役上前，他按位置一一问询，仆役低声报出客人姓名。随后，狄公郑重对众人言道：

"舞姬杏花跳完舞离开宴厅之后，当时这里的情况相当混乱，你们各位也在四处走动。各位须详细说出当时的情况，在哪里，做什么。"

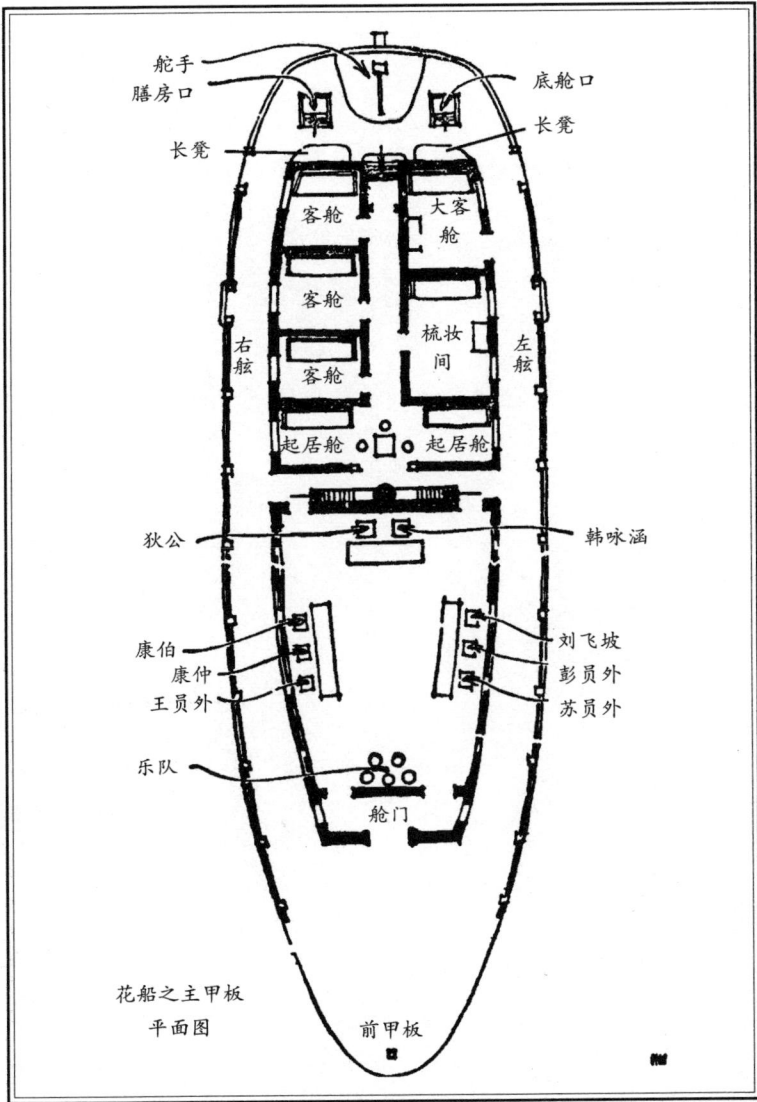

花船的主甲板图（高罗佩 绘）

王员外起身，步履蹒跚地走到桌前跪倒。

"大人容禀，"他正色道："小人有一事禀告。"

狄公点头依允，这个胖员外继续言道：

"惊闻舞姬杏花竟惨遭毒手，我等皆感痛惜。此事固然恐怖，然我等亦应理智，切勿失了方寸。

"这么多年来，我到这花船赴宴多次，可以说，对此船了如指掌。大人，底舱里有船夫十八人，十二人操桨，另六人为替换休息之用。我无意诋毁汉源百姓，然而，大人迟早也会知道，这帮船工都是滥赌嗜酒之徒，如此判断，凶手应是他们中的一个。某个模样风流的家伙或与舞姬有染，若那舞姬欲断绝往来，那家伙必起杀心。这样的事已不是第一次发生了。"

说到这里，王员外略顿了一顿，不安地瞥了一眼舱外黑黝黝的湖水，继续言道：

"此外，还有一事请大人斟酌。自古以来，关于此湖，便有一些扑朔迷离的说法。众所周知，湖水自地下而出，故偶有妖怪从深不可测的湖底出来伤人。今年葬身湖中的已不止四人，而且尸体至今未找到。有人说，他们曾见这几个淹死之人的鬼魂出没在左近。

"窃以为，上述两点请大人明察。若照此情形仔细勘察，必能将凶手缉拿归案。望大人切勿将在座之同好视作案犯，受那审讯之苦。"

众宾客闻得此言，纷纷附和。

狄公一敲桌案，镇定地看着王员外，说道：

"若有建言，本县不胜感激。我也考虑过凶犯可能藏于底舱，亦会择机审讯船工。再则，本县并非不敬鬼神，故不排除邪鬼恶神从中作祟。至于王员外适才提到的所谓'案犯'，本县希望各位明白，王子犯法与庶民同罪。罪犯一天未归案，在座各位就如同舱底的船工、厨间的厨工一样，均为嫌犯。各位还有何见教？"

彭员外起身走到狄公桌前跪倒。

"愿大人为我等指点迷津，"他焦急地说道："可怜的杏花姑娘到底是如何遇害的？"

"凶案的细枝末节，"狄公立刻答道，"本县此时不便透露。还有哪位有话要说？"狄公见无人应答，便又说道："各位还有进言的机会，但从即日起，各位切勿再妄言此案，本县自会妥善审理。证人彭员外可以回座位了，传王员外上前陈述。"

"大人为那舞姬祝酒之后，"王员外说道，"我从左边门离了宴厅，到了客舱。可是客舱里没人，我便又顺着过道去了厕所。待我回到宴厅，便见康家兄弟争执起来，刘员外调停后，我才过去跟他们寒暄了几句。"

"在梳妆间，或在过道，你可曾碰见过什么人？"狄公问道。

王员外摇了摇头。狄公等洪参军记下王员外的证词，便又传韩咏涵上堂。

"我本是去向乐队班头道贺几句，"韩咏涵一脸不高兴地说道，"不想突然感到头晕，遂到了前甲板，靠在宴厅门右边站了一会儿。欣赏着美丽的湖上夜景，到此时方感觉好受些，遂坐在旁边的瓷凳上，恰巧这时牡丹姑娘来寻我回去。后面发生的事，大人您已知晓。"

狄公传班主上堂。班主和其他乐师站在宴厅一角，远远地等着。狄公问道：

"你能否证明韩员外待在甲板上，且一直没有离开过？"

班主看了看其他乐师，见众人摇头，颇为不悦地答道：

"我没办法证明，大人。我等皆忙着调弦，没注意外面。后来牡丹姑娘过来找韩员外，我跟她一起到了甲板，便看到员外正坐在瓷凳上，正如他方才所说。""你可以回座位了！"狄公对韩员外言罢，遂又传刘飞坡上前问话。刘员外似乎不像先前那么镇定，狄公注意到，他的嘴角在紧张地抽搐，但一开口，声音却非常镇定。

"杏花跳完舞后，我见坐在旁边的彭员外身体不适，王员外一出大厅，我便扶着他从左手边门出去来到船的右舷。当时见王员外靠在栏杆上歇息，我便顺走道去了厕所，一路上并没碰到什么人。从厕所回来后，我便一直跟彭员外在一起。等彭员外感觉好受些，我二人才一起返回大厅。当时看见康家兄弟吵个不停，我就提酒壶给他们调停了调停。情况就是这样。"

狄公点点头，遂又传彭员外上前。彭员外证明刘飞坡所言属实，狄公听后，又传苏员外上堂陈述。

苏员外翻着厚厚的眼皮，郁郁不乐地望望狄公，遂晃了晃肩膀，淡淡地说道：

"在下证实，见王员外和刘员外前后脚离开宴厅，桌上只剩下我一人。我与两位舞剑的舞姬聊了几句闲话，直到其中一个提醒我左袖上沾了鱼汤，我才起身出了宴厅，顺着过道回到我的客舱。这客舱是我提前预订的，仆役已在舱中放好干净衣服和盥洗用具。我赶忙换好衣服出了客舱来到过道，见杏花正打会客舱过去。我在扶梯那儿赶上杏花，并赞了几句她舞姿美妙的话，可她看上去似乎有些不安，只匆匆说一会儿到大厅见面，便拐向左边，拐到左舷走了。于是我便从右舷回了宴厅。当时王员外、刘员外和彭员外还未回来，我只好又跟两位舞姬闲聊起来。"

"你见到杏花姑娘时，她穿什么样的衣服？"狄公问道。

"她仍穿着白色舞裙，大人。但舞裙外面罩着一件绿缎织锦长袍。"

狄公让他回到座位，又差马荣带梳妆间的胖妇人前来。

那胖妇人回禀，说她丈夫在柳巷有一个行院，那杏花和其他五位姑娘都是她丈夫手下的姑娘。狄公问她最后见到杏花时是什么时候，她答道：

"回大人的话，杏花姑娘献舞之后回到房里，模样真是美若天仙！我对她说：'赶紧更衣，我的宝贝儿，你浑身都湿透了，千万不要着凉了！'说着，我吩咐丫鬟侍她换上那件蓝色长衫。谁承想，杏花把丫鬟突然推在一旁，只披了那件绿色长袍，就匆匆走了！大人，我发誓，最后见她的情形就是这样！这苦命的孩子是怎么遭人杀害的？不过，丫鬟倒是说了一件怪事，她说……"

"多谢！"狄公不待她把话说完，便命马荣带那丫鬟上堂。

丫鬟来到大厅，号哭不止。马荣轻轻拍了拍她的后背，想安慰安慰，可没多大用处。她哭诉道：

"是湖里那可恶的妖怪把她害死的，大人！求大人赶紧让我们回到岸上，否则恶魔会把船拽到湖底的！妖怪好可怕啊，我亲眼看到的！"

"你在哪里看到的妖怪？"狄公震惊不已。

"妖怪从窗外唤杏花出去，大人！当时妈妈正叫我给杏花准备蓝色长衫。当时杏花也看见了那个妖怪！还向她招手呢，大人！她怎敢不听鬼神的召唤呢？"

人群中传来一阵低声喧哗。狄公敲敲桌子，又问道：

"那妖怪长什么模样？"

"高高大大，黑乎乎的，大人。我透过纱窗看得清清楚楚的。它一手挥舞着长刀，很吓人的，另一只手……则招呼杏花过去，要她出去！"

"你可曾看清那妖怪的穿戴？"狄公又问。

"我说过那是个妖怪，对吧？"丫鬟气鼓鼓地答道。"说不清楚形状，只是一团可憎的黑影，吓死人了。"

狄公示意马荣把丫鬟带出宴厅。

狄公随即又听了牡丹和其他四位舞姬的陈述。狄公曾打发牡丹去寻杏花，其他四位姑娘则从未离开过宴会大厅。她们几个都与苏员外在一起闲聊，但却未注意王员外、刘员外和彭员外什么时候出了宴会大厅。至于苏员外何时回来，她们也记得不大清楚。

狄公听完舞姬们的供词，遂站起身，称要上甲板去审问侍从和船工。

狄公攀上窄窄的陡梯，洪参军紧随其后，马荣则奉命让船主将船工们招呼到一起。

狄公坐在栏杆边的圆形瓷凳上，把纱帽向脑后推了推，说道："没想到这里跟舱里一样闷热！"

洪参军赶忙把扇子递给狄公，沮丧地说道：

"审了半天也没审出个头绪啊，大人！"

"噢，不会吧。"狄公边说边用力地扇着扇子。"起码我们对案情有了些了解。天啊，王员外说得没错，那些个船工确实粗鲁，看起来也不体面！"

不一会儿，船工们来到甲板上，嘴里嘟嘟囔囔地咒骂着。马荣和船主一顿呵斥，他们也便做出恭敬的样子。侍从和厨子则被安排站在船工们对面。洪参军说过，当时舵手和客人们带来的仆从聚精会神地听马荣瞎掰那些个刺激的故事，谁都不想挪窝。因此，狄公觉得没必要再审讯他们。

狄公先从仆役审起，但他们又说不出多少名堂。献舞一开始，他们就回厨间准备酒菜了，只有一人到宴会厅侍候过。他看见彭员外靠在栏杆上呕吐，但并没见刘员外站在旁边。

彻底盘问过船工和厨工后，狄公明白，这些人都未离开过底舱。当舵手从甲板上的敞门大声通知众人可以休息时，船工们便已在那儿赌起了钱，谁也不曾离开赌局。

狄公站起身，一直担忧天气的船主满面愁容地说道：

"很快就要有雷雨了，大人！我们最好赶紧把船驶回船坞为妙。碰到恶劣的天气，花船可真不好驾驶！"

狄公点头称是，遂下了陡梯，径直向主舱走去，乔泰还在那里守着杏花姑娘的尸体。

四

守杏花秋公夜未眠　查信笺端倪始初显

狄公刚在梳妆台前的几凳上坐定，天空一声炸雷，随后便是瓢泼大雨倾泻而下，噼里啪啦地打着船顶，花船遂开始摇晃了起来。

乔泰赶忙跑到舱外上好棂窗，狄公默不作声地望着前方，缓缓捋着胡须。洪参军和马荣则站立一旁，看着卧榻上的尸首。

乔泰回来把门闩上，狄公抬起头看了看自己的三个随从，惨然笑道：

“唉，几个时辰前，我还抱怨此地清净呢！”他摇摇头，心情沉重地说道：“我们眼下遇到的这桩命案，疑点颇多，甚至还有神怪之说掺杂其中。”看马荣不安地望向乔泰，狄公赶忙又说道：

"方才审讯时，我未否认本案有神怪的说法，是不想引起案犯的怀疑。切记，我们如何发现尸首以及在何处发现尸首，案犯并不清楚。再者，若案犯知道尸首未沉入湖底，定大感疑惑。诸位，我确定，那案犯也是肉身凡胎的普通人而已！我也知道他为什么要杀害杏花姑娘！"

狄公随即讲述了杏花姑娘先前的惊人之语。"说实话，"狄公推断，"韩咏涵形迹最为可疑。他假装酒醉昏睡，很可能偷听到杏花与我的谈话。不过，他装睡的功夫可谓老道！"

"韩员外的确有机可乘，"洪亮附和道："刚才审讯时，没人能证明他只是去前甲板透气。他有可能从船的左舷向船尾走去，并从窗外招呼杏花出去。"

"但是，丫鬟提到的那把刀是什么意思？"马荣不解地问道。

狄公摇摇头，也不解其意。

"也许是丫鬟的幻觉，"狄公说道。"别忘了，知道杏花被害后，她才讲起那离奇的故事。实际上，她看到的人影也穿着与我等一样的宽袖袍服。那人一手招呼杏花，一手拿把折扇，也就是丫鬟所说的所谓长刀。"

此时，花船剧烈地摇晃起来。一个大浪打来，船边遂发出巨大的声响。

狄公说道："可惜，韩咏涵并非此案唯一的嫌犯。诚然，他可能的确听到杏花说话，然而，其他宾客也可能会注意到杏花对我低语。她的目光虽未看我，但遮遮掩掩的样子，也会引人怀疑她在向我透露什么重要的事。因此，案犯便陡生杀机。"

"如此说来，"乔泰接过话道，"除了韩员外，王、彭、苏、刘四人也有嫌疑，唯康家兄弟二人可以不必考虑，因为大人说过，他们一步都未离开宴会厅。而其他四位都离开过宴会厅，只是时间长短而已。"

"没错，"狄公说道，"彭员外可能也不在其列。他年事已高，如何有力气将杏花打倒，然后再把她拖到舷梯。为了弄清船工中是否有案犯帮凶，后来我审讯过船工，然而，船工们均未离开过底舱。"

"韩、刘、王、彭四人都有力气杀死杏花，"乔泰说道，"尤其是苏员外，他可是个膀大腰圆的家伙。"

"除了韩员外，"狄公接过话头说道，"苏员外看似最为可疑。如果是他杀了杏花姑娘的话，那他这个凶犯定然是危险又冷血。他会在杏花献舞时就计划好作案细节，故意玷污衣袖，借口离开宴会厅。倘若是在将尸首沉湖时打湿的长衫，他亦可借故换去。若如此算计，他必定会径直走向梳妆间向杏花招手，待她出来之后，把她打晕，再沉入湖中。之后，他才回到自己的客舱换去湿衣。乔泰，你最好去他的客舱看看，看能否找到那件换下来的湿衣服！"

"领命，大人！"马荣赶紧答道。此时，他注意到乔泰面色苍白，知道老友有些晕船。

狄公点头应允，众人便静静等着马荣回来报告消息。

"客舱里到处是水！"马荣一回来就嘀咕。"说来也怪，唯独苏员外的长衫上没水，而且是干透的！"

"好吧，"狄公说道，"这虽证明苏员外与此案无关，但我等仍要记住，嫌犯极有可能是韩、苏、刘、王、彭几位。"

"大人，刘员外的嫌疑为何要比王员外的大？"洪参军有些不解。

狄公答道："我以为，杏花姑娘和凶犯必有情缘，不然何以窗外一招手，杏花便拔脚跟去，而且还是去了客舱。舞姬非一般妓女，妓女不过是卖身。而舞姬则不同，只有得到舞姬的芳心，才可成事，否则一切免谈。尤其像杏花这样的舞姬，表演歌舞便可赚钱，主人家也不会强迫她们取悦客人。我们不妨如此推断，韩、刘两人，虽年岁偏大，但皆是风流雅客，或能赢得绝色善舞的杏花的芳心。而苏员外孔武有力，有些女人也会喜欢。至于体态肥胖的王员外、形容枯槁的彭员外，一般女子都会厌烦。没错，我觉得应该将彭员外的嫌疑完全排除在外。"

马荣未注意狄公说的最后几个字，因为他一直盯着杏花的尸首。突然，他惊惧地大叫一声："看，她的头动了！"

众人都转向卧榻，只见杏花的头左右晃动着，连盖在脸上的手帕都掉了下来，摇曳的烛光照在她湿漉漉的头发上。

狄公赶忙起身来到卧榻旁，吃惊地看着杏花，只见她脸色苍白，双眼已经合上。他在死者的头两边各放了一个枕头，便又将手帕盖在她的脸上，最后才坐下来缓缓地说道：

"这么一来，先得查出韩、苏、刘三位员外中谁与杏花过从甚密。或许从院里的其他姑娘口中可打探点实情，这种风流韵事总瞒不过同院的姐妹。"

"但要她们将实情说与外人并不容易!"马荣说道。

此时,云散雨霁,花船行驶得平稳些了。乔泰看上去也好多了,他说道:

"大人,当务之急,我们必须仔细搜查杏花姑娘在柳巷的住所。凶犯必定是在上了花船后才动的杀机,如果杏花在柳巷的住所内保留着与凶犯有关的信函等证物,凶犯上岸后必然会火急般去销毁罪证。"

"所言极是,乔泰,"狄公赞许道,"船一靠岸,马荣先火速赶往柳巷,凡欲进院者一律捉拿。我随后乘轿过去,等我一起搜查她的房间。"

外面传来了响亮的吆喝声,花船即将靠岸。狄公起身对乔泰说道:

"你在此等候衙役,命他们封上此舱,安排两人在此值守,直至天亮。我会让杏花的院主派人来操办丧事,将人入殓。"

众人走下甲板,见明月高悬,月光下的景象异常惨淡:狂风吹走了彩灯,暴雨将宴会厅的水晶珠帘打成了碎片,曾经热闹喜庆的花船一片狼藉。

韩员外一干人等正静静地等着狄公。适才雷雨交加,众宾客吓得躲进了客舱,紧闭门窗,不敢出去,加之花船摇晃不停,众人心里暗暗叫苦。一听到狄公让各自回家,他们便急急奔向自己的轿子。

待众人走远,狄公坐进自己的官轿,吩咐轿夫前往柳巷。

狄公和洪亮来到杏花所住的院子,进了第一进院子,便听到远处宴会厅里一阵欢笑喧闹之声。尽管时间已晚，此处仍是高朋满座。

院主匆忙出来迎接，见不速之客乃是狄公，慌忙跪倒在地，连磕三个响头，然后战战兢兢地问，有何事可以效劳。

"我要查看杏花姑娘的闺房，"狄公毫不客气地说道，"快带我们前去！"

院主连忙引着二人登上光亮如新的楼梯，穿过昏暗的走廊，来到一个红漆门前。院主先进屋点亮蜡烛，不想突然被人紧紧抓住了胳膊，不禁吓得大叫了起来。

"这是院主，放开他！"狄公见状，连忙拦下，"你怎么进来的？"

马荣咧嘴一笑，说道：

"我想，最好不要让人看见我进楼来。我翻过花园的围墙，爬到阳台上，看见有个丫鬟在墙角打盹，便问了她杏花的闺房。我藏在门后等了半天，可就是没人进来。"

"甚妙！"狄公叹道。"你且与院主下楼去，盯着院门！"

狄公在雕花乌木的梳妆台前坐下，一一打开梳妆台的抽屉，洪参军则查看叠放在卧榻边的四个红漆衣箱。他打开上面那个标有"夏"的皮箱，仔细检查里面的衣物。

上面的抽屉里，狄公只发现了一些梳洗用具，但下面的抽屉里倒有不少名刺和信函。他匆匆浏览一遍，皆是杏花的母亲从并州寄来的信件，内容大多是收到钱物深感欣慰以及杏花的兄弟进学等等。杏花的父亲好像已经故去。杏花的信写得颇有文采，狄公又不禁扼腕叹息，到底是何缘故让一个清白人家的姑娘操此营生。抽屉里另有一些爱慕者写的诗歌和书信。草草翻阅，狄公便发现书信皆留有赴宴宾客的落款，其中就有韩咏涵。这些书函诗稿的措辞较一般信函正式，无非恭请赴宴和赞美杏花优美舞姿的客套，未见亲密的情话。从这些信函中很难判断杏花与这些人到底是什么关系。

狄公将诗书信卷成一束，纳入袖中，想日后仔细研究。

"这里还有一些，大人！"洪参军突然大叫道。他将一叠用绢纸细心包裹的书函递给狄公，这些信都藏在箱底。狄公一看，就晓得这些是爱意浓浓的情书，落款皆为"竹林逸士。"

"料定此人便是杏花的意中人了！"狄公急切地说道。"找到这位竹林逸士亦非难事。书信的款识、字体俱佳，此人定是这汉源城里为数不多的风雅之士。"

二人又搜寻一遍，未再发现更多线索。狄公走到楼台上站立许久，见庭院里月光皎洁，花间的莲花池塘里月影婆娑。想那杏花往日也曾在此蹙额停步，欣赏月下美景！想到此，狄公猛一回身，提醒自己虽初任汉源县令，绝不能因死者是一烟花女子而等闲视之。

狄公吹灭蜡烛，遂与洪亮一起下了楼梯。

马荣正守在大门口和院主闲谈。一见狄公过来，院主慌忙躬身行礼。

狄公双手拢在袖中，严厉地说道：

"本县此行乃勘察凶案。你须明白，本县本应让衙役先将你的院楼里外搜一遍，然后再逐个审问你的客人。但考虑眼下尚无此必要，故也不会无故打扰他人。然而，你必须立即写一份呈子给本县，写清死者的情况，包括年龄、何时何故来你的院楼、与她来往的客人姓甚名谁、她会何种技艺等等，悉数交代清楚。切记，呈子须在明早交到本县手中，一式三份！"

院主跪倒在地，千恩万谢地说个不停，狄公遂打断他的话，不耐烦地说道：

"明天你须派一办理丧事之人去花船领取尸首，还须通知死者远在平阳的家人。"

说着，狄公向门口走去，只听得马荣说道：

"恳请大人容我稍后再回县衙。"

狄公会意地看看他，点头应允，遂同洪参军一起上了官轿。衙役点起火把，一行人缓缓走在汉源县空荡荡的街道上。

五

探隐情马荣会桃花
鸣冤屈新人失踪迹

翌日清早，天还未大亮，洪亮回衙应卯，见狄公盥漱梳沐已毕，并已换上官服端坐于二堂之中。

狄公已将杏花闺房中搜到的信函整理齐整，置于案头。洪亮为狄公斟茶时，狄公说道：

"洪亮，我已仔细阅过信函，发现杏花与那'竹林逸士'的情事可能开始于半年之前，之后两人渐生好感，直至情深意笃。然而，约两月之前，两人热情消退，信中措辞大变，甚至多有近乎胁迫之语。洪亮，我等必须马上寻到此人！"

"大人，本县书吏善弄文墨，爱好诗词，"洪亮连忙回道，"闲暇时，他在本地书院兼任抄写的差事，或许他可以辨认'竹林逸士'的笔迹！"

"妙极！"狄公叹道，"你即刻便去衙门问他。等等，我要给你看看这个。"说完，狄公便从书案抽屉里拿出一张薄纸摊在书案之上。洪亮认出，这便是从杏花的袖中找到的棋谱。狄公用食指敲了敲棋谱，说道：

"昨晚从柳巷回来后，我便仔细研究了棋谱，但始终不得要领，其中颇有些怪异！我棋艺虽不算高妙，然求学时也经常弈棋。你看，棋盘方方正正，由横竖十九条线分割，形成三百六十一相交点。一方可执一百五十个白子，另一方也有同样数量的黑子与之对弈，黑白棋子多为石子做成，作用相等。棋局开始，盘上空无一子，双方轮番落子于交点之上。输赢在于用自己的棋子围住对方的棋子并且吃掉。被吃掉的棋子会立刻被从棋盘上拿掉，占据交点多者就算赢家。"

"听着不难嘛！"洪参军若有所思地说道。

狄公微微一笑道："围棋的规则的确简单，但下起来相当复杂，有人穷尽一生也难解围棋的奥妙。大师们往往印制棋谱，在关键处配上图例，并对难解的棋局予以详细解释。这张纸想必出自与此类似的棋谱，是棋谱的末页，因为左下角落处印着'终'字。可惜啊，到底是哪本棋谱，不得而知呀。参军，你即刻便去打问此地的围棋高手，他定能说出这张棋谱的出处。棋局的破解之法一般印在棋谱的倒数第二页上面。"

说话间，马荣和乔泰进来向狄公请安。众人坐定后，狄公对马荣说道：

"你昨晚迟走一步，想必是为了打探消息吧，快说来听听！"

马荣将一双大拳头放在案上，笑嘻嘻道：

"昨天大人提到，有可能从那同院姐妹处打探到杏花的私情。那天，我们去湖边经过院楼前，楼上靠栏杆的一位姑娘颇让我中意。你们走后，我便去了院楼，向院主描述了她的长相，院主当即热情地将她从酒桌上叫来。她叫桃花，真是人如其名啊！"

马荣顿了一顿，捻着髭须，咧嘴大笑道：

"桃花姑娘可真是迷人，又懂风情，她似乎有意于我。她起码——"

"勿说你那风流韵事了，"狄公恼怒地打断了他的话头，"就算你们俩一夜快活吧。杏花的事，她都说了些什么？"

马荣觉得有点委屈，叹了口气，耐着性子继续说下去。

"大人，这桃花是杏花的好友。杏花是大约一年前来的柳巷，当时牙婆还从京师买了其他三个姑娘。杏花曾告诉桃花，说是因遭遇不幸才被迫离开并州老家，还说再也回不去了。她为人有些傲气，尽管有几个客人千方百计讨她欢心，她都礼貌地拒绝了。苏员外对她殷勤备至，虽也赠她很多首饰穿戴，但仍未得半点甜头。"

听到这里，狄公插话道："把他们的关系记录下来，作为审问苏员外的要点。情场失意往往成为作案的最大动机。"

"然而，"马荣接着说道，"桃花说那杏花姑娘绝非无情之人，猜她定已与人私订终身。她每隔六七天便向院主告假一回，说是去买胭脂花粉。她为人稳重，又很听话，从未有逃跑的迹象，院主便也从未干预阻拦过。她独来独往，姐妹们认为她是去与人私会了。我敢肯定，桃花所说非虚。尽管桃花几次三番打听过，但始终没搞清楚她到底在哪里跟谁私会。"

"她每次外出大概多长时间？"狄公问道。

"午饭后不久就走了，"马荣答道，"晚饭之前回来。"

"如此判断，她并未出城，"狄公说道。"参军，去问问书吏'竹林逸士'的来历！"

洪参军刚刚出去，一个衙役进来，呈上一个密封的大信封。狄公打开信封，取出一封长信摊在案几上，信封里另有两份副本。他一边捋着胡须，一边细细读完，然后靠在椅子上休息。这时洪亮返回二堂，摇头说道：

"大人，书吏很肯定地说，汉源文人书生中没有使用'竹林逸士'这个别号的。"

"太可惜了！"狄公说着，坐直了身子，指着案上的信，声音急促地说道："你看，这是杏花的院主递上的呈子。杏花的真名叫范荷衣，确如桃花姑娘所言，七个月前由牙婆从京师买来，身价为两根金条。

"牙婆交代，买杏花的时候，情况有点特别，她是自己找上门的，要价一根金条外加五十两银子。此外，她还有一个条件，就是只能卖到汉源。更奇怪的是，牙婆说这姑娘自己前来交易，未经父母或中人之手。杏花的院主在柳巷是个诚信买家，牙婆觉得还是告之实情为妙，免得将来担责任，于是便把这非同寻常的事情告诉了院主。"

说到此处，狄公顿了一顿，愤恨地摇摇头，随即又说道：

"院主曾问过杏花，但她在几个紧要问题上闪烁其词，院主也就不了了之了。他以为杏花是因为私情为父母不容而被扫地出门的。至于她在院里的情形，与马荣从桃花那里了解的情况基本相符。在呈子里，院主还提到对杏花倾慕之人的姓名，包括汉源县的风流名士，但其中不包括刘飞坡和韩咏涵。院主偶尔催她择一中意者托付终身，但她总是断然回绝。她靠跳舞便可赚得大笔钱财，院主自然也就不再强人所难了。"

"你看，院主在呈子末尾注明：杏花喜欢诗赋，又写得一手好字，善画花鸟，技艺远在常人之上。但他又特别说明，她不会弈棋！"

狄公顿了片刻，看着几位随从，问道：

"那么，如何解释她跟我提起的弈棋之事？她还一直将棋谱残局揣在衣袖中。"

马荣不解地挠挠头，乔泰则问道：

"可否让我看看棋谱，大人？我以前颇喜弈棋。"

狄公把棋谱推到乔泰面前。乔泰研究了许久，说道：

"此棋局无甚意义呀，大人！白子几乎占满整个棋盘。我们或许能将白子阻挡黑子进攻的步骤复盘，但黑子下得没有一点章法！"

狄公听罢，双眉紧蹙，沉默良久。

衙门口的大铜锣当当当三声，惊醒了沉思中的狄公，响亮的锣声回荡在汉源县衙，宣布升堂时间到。

狄公将棋谱放回抽屉，长叹一声，起身离座。洪参军帮他换好湖蓝色织锦官袍，他整理好头上纱帽，对三位随从说道：

"过一会儿，我先审理花船命案。幸好暂无什么要案，我等可以专注精力破解此谜案。"

马荣掀起厚厚的帷幔，狄公踱出二堂，步入大堂，登上高台，在覆盖着大红锦缎的桌案前坐定。马荣和乔泰站在狄公身后，洪参军则照例站在他的右边。

众衙役手持皮鞭、棍棒、铁链、夹板等刑具在狄公座前分列两边。书吏及其助手分坐于狄公两边的矮桌旁，准备记录供词。

狄公扫了一眼大堂，注意到大堂上已挤满了看热闹的百姓。昨天花船上发生命案的消息不胫而走，汉源百姓都想来看个究竟。前排站着韩咏涵、康家兄弟、金店掌柜彭员外和苏员外。狄公纳闷，刘飞坡和王员外为何未到，班头应该早已通知过他们，而他们也必须到衙候审。

狄公一拍惊堂木，宣布升堂审案，并一一传唤证人。

突然，衙门口人头攒动，只见刘飞坡走在最前面，他情绪激动，大声地叫喊道：

"出命案啦！我要申冤！"

狄公示意班头到堂口接人，并把他们引到案前.

刘飞坡双膝跪地，身边跪着一位中年男子，穿着蓝色长衫，头戴黑色弁帽，另有四人站在衙役身后。狄公认出其中一人是金店掌柜王员外，其他三人都不认识。

"大人！"刘员外喊道，"小女在新婚之夜惨遭杀害！"

狄公眉毛一扬，一字一句地说道：

"原告刘飞坡，将案情本末细细禀来。昨晚宴席之上，本县知令爱于前日完婚。婚事才过两日，你来衙门鸣冤，是何缘故？"

"大人明鉴，都只为这奸人从中使诈！"刘员外指着身边跪着的男子，失声禀道。

"你姓甚名谁？做何营生？"狄公对中年男子喝道。

男子平静地答道："小人蒋文祥，乃一介举人。家门不幸，连遭劫难，我那独子和儿媳尽被掳走。而这个为人父的刘飞坡却还要告我！恳请大人明察，为我昭雪！"

"你这条不知羞耻的老狗！"刘飞坡咆哮道。

狄公惊堂木一拍，厉声说道：

"原告刘飞坡，公堂之上，切勿狷急喧嚣！你须细述案情，自有本县与你做主！"

刘飞坡好不容易才控制住自己的情绪。他显然是因过度悲愤而不能自持，与昨夜之镇定简直是判若两人。他略略定了定神，说道：

"也是天数，我命中无子倒也罢了。小女月仙是我的独生女，生得美貌出众，性格温柔，弥补了我无子的遗憾。看到她美丽聪颖，我心中无比欣慰。我——"

刘飞坡一时语塞，遂失声痛哭起来。只见他老泪纵横，数度哽咽，声音颤抖地说道：

"去年小女想上私塾读些四书五经，碰巧塾师便是这举人。他在家专门为附近的闺房千金办了个私塾。之前，月仙多喜欢骑马狩猎,见她为书字笔墨所吸引,我颇为高兴,便同意了她的请求。但是,今日遭此横祸,我怎能预见?月仙在私塾邂逅举人之子——秀才蒋佑璧,遂对他一见钟情。我本想对蒋家多加了解,再做主张,奈何小女固执,要我早日定下婚约。也怪我那内人,那个没见识的女人,竟然同意了女儿的请求。唉,她该对蒋家了解更清楚些!

"我勉强应下了这门亲事,在媒人的撺掇下,批了八字,换过庚帖,选了吉日。然而,我生意场上的朋友万一帆提醒我,说那蒋举人是个浪荡子,以前甚至对他女儿动过歹念,幸未得手。闻听此言,我便想退亲。不料,小女知道后便病倒不起,我那内人觉得月仙是相思成疾,又恐我固执己见,小女怕难活命。何况,那蒋举人不愿见到手的鸭子飞了,更是拒绝退亲。"

说到这里,刘飞坡恨恨地看了蒋举人一眼,继续说道。

"虽然我心中极不情愿,没奈何,也只得让两人如期成婚。就在前夜,蒋府张灯结彩,喜气洋洋,一对新人在先人的供桌前结下连理。前去道贺的人有三十多人,花船宴上的很多宾客都去了。"

"今天一早,蒋举人气急败坏地跑到我家里来报信,说是月仙昨夜惨死在婚床上。我问他,为何当时没有立刻前来通报。他答说,儿子也不知所踪,他们须先寻到儿子问明端的,才好来报信。我又问他,女儿究竟是如何死的,他却支支吾吾,说不清楚。我当即要去他家看小女的尸首,可谁知他不慌不忙地说,尸身已经入殓,现暂厝于城外佛寺。"

刘飞坡状告蒋文祥（高罗佩　绘）

狄公坐起身，但略一转念，并未打断刘飞坡的话。

"我心下疑惑，"刘飞坡继续说道，"遂赶忙回家与邻人王员外商量，最后一致认定小女死得蹊跷。我便告诉蒋某人，说定要去衙门告状。王员外已请万一帆前来作证。小民刘飞坡，恳请大人明镜断勘，严办罪犯，以告慰小女的在天之灵！"

刘飞坡言毕，在地上连连叩首。

狄公缓缓捋了捋长须，沉思片刻说道：

"依你之见，蒋秀才是杀了新娘后才逃走的？"

"恳请大人见谅！"刘飞坡赶忙答道，"在下显然是气昏了头，未能说清楚。那蒋秀才只是个怯弱的书生，他的父亲则不然，是个好色之徒，他才是罪魁祸首。想必他是对月仙怀藏不良已久，借着酒劲，欲行不轨，完全忘记了月仙是他的儿媳！小女一时羞愤，便以死明志。蒋秀才定是被父亲的败德行为吓破了胆，一时失了主张，只好伤心逃走。翌日，那缺德的蒋举人酒醒后，发现小女已气绝身亡，怕丑行败露，遂将小女匆匆入殓，想以此隐瞒小女自杀的真相。大人，我要状告蒋文祥玷污小女月仙并致人死命，望大人做主！"

狄公命书吏宣读刘飞坡的控状。刘飞坡听完，确认无误后签字画押。只听狄公说道：

"被告蒋文祥，所控之事究竟如何，你从实招来！"

"大人恕罪，"蒋举人说道，言辞颇为迂腐，"恳请大人恕在下礼数不周，不当之处，望大人海涵。在下一直与书为伴，生活平静。这祸从天降，令我措手不及，亦不知该如何应对，恕罪恕罪。但在下对儿媳从无非分之想，更无孟浪举动。请大人听在下道明原委，在下保证，绝无半句诳语。"

蒋举人顿了片刻，思索半晌，继续说道：

"昨天清晨，我正在花园亭中用饭，丫鬟金莲过来禀报，说她去新房送饭，敲了半天门也无人应答。我便吩咐她说，新婚宴尔，别去打扰他们，让她一个时辰之后再去敲门。

"快到午时，我正在浇花，丫鬟牡丹也来禀报，说是房里仍无人应答。我便有些慌神，遂亲自来到小夫妻居住的院子。我用力敲门，大声喊叫我儿子的名字，但里面就是没有动静。

"我觉得有些不大对劲，遂急忙去请我那好街坊茶商孔先生过来出个主意。他说须得将房门撬开，于是我让管家拿斧子把锁子砸烂。"

说到这里，蒋举人喘一口粗气，闷闷地说道：

"我见月仙赤身躺在床上，浑身是血，儿子却已不知去向。我急忙上前为她盖上棉被，还摸了摸她的手腕，已经摸不到脉了，手也冰凉。人已经死了!"

"孔先生马上请来名医华大夫，还好华大夫住得不远。验尸后，华大夫说，月仙是因初次行房出血过多而亡。我料想，犬子遇此事定是吓坏了，慌了手脚。极度悲伤之下，他一定去了哪个荒无人烟的地方寻短见了。我本想即刻就去找他，以防他走上绝路。可华大夫说，天气炎热，尸首最好马上入殓。于是，我让人为死去的儿媳净了身体，先行入殓。孔先生提议，暂将棺木寄存于城外佛寺之中，待日后选定墓地后下葬。我央告在场的诸位亲邻切勿张扬此事。我须先找到儿子，活要见人，死要见尸。于是，我与孔先生及管家出外去寻找我那不肖子。

"翌日，我们在城郊各处寻访，逢人便问，及至黄昏，也没寻个头绪出来。回到家时，一渔夫正在家门口等我们。他递给我们一条黑色丝绦，说是在湖里钓鱼时钩到的。不用细查腰带上的姓名，我一看便知，正是我那薄命的儿子之物。我再也禁受不起，当时便晕了过去。孔先生和管家一起把我抬到床上，我身心俱疲，一觉便睡到天明。"

"一觉起来，我才想起尚未将此事通知亲家，于是赶忙跑到刘府报丧。谁承想，这无情之人非但不分担在下丧子失媳之痛，反倒将罪责全推到在下身上，并威胁要诉诸公堂。求大人怜悯，还在下这可怜人公道，在下一天里接连失去儿子和儿媳，眼见家门就要断后了！"

说罢，举人在地上连连叩首。

狄公示意书吏宣读蒋举人的供词，并命举人确认无误后签字画押。狄公说道：

"传证人万一帆上堂！"

狄公盯住万一帆，眼神颇为犀利，记得这个名字在康家兄弟争吵时曾被提起。此人四十上下，细皮嫩肉，颌下无须，上唇浓黑的短髭让他的脸色更显苍白。

万一帆说，蒋举人的发妻和三姨太多年前便已亡故，两年前他的二姨太也过世了。此后，他便一直孤身一人，没人照顾。他提出要纳万一帆的小女儿为妾，但连起码的媒妁之言都没有，万一帆一怒之下便拒绝了。之后，蒋举人的淫欲无处发泄，便到处散布谣言，说万一帆是个骗子，尽干些个见不得人的勾当。这姓蒋的品行实在是卑劣。万一帆觉得有必要告诉刘飞坡，让他知道那未来亲家到底是什么样的门风。

万一帆话音未落，蒋举人已气得大叫道："简直是一派胡言，恳请大人千万休信！我的确说过些万一帆不好的话，但我仍要说，他是骗子，是恶棍。我那二姨太刚过世，他便提出要将自己的女儿嫁我为妾。他说，自他妻子亡故后，便无力照顾好女儿。很明显，他是向我勒索钱财，还不容我有异议。我明白他的意图，当时就回了这门亲事！"

狄公听罢，用拳头猛击桌案，大声喝道：

"本县岂能容你等在此戏弄！你二人中必有一人撒下这弥天大谎！一经查实，本县定当不饶！"

狄公愤然捋了捋胡须，遂宣王员外上堂。

王员外称，刘飞坡所述大抵属实。但蒋举人杀害月仙之说，仅仅是猜测，恐无实据，他不敢贸然作证。他说，当日附和刘员外，只是想安抚他的情绪，不让他太过气愤，至于新婚之夜的血案真相，他也不敢妄加判断。

然后狄公又听了另两位辩方证人的证词。首先上堂的是孔先生。他证实蒋举人对洞房血案的陈述属实，并说举人一向生活简朴，品格高尚。待华大夫在大堂跪倒时，狄公差班头去叫仵作上前。狄公对华大夫正色道：

"身为医生，救死扶伤乃其根本。你应该知道，凡猝死之人，未向衙门报告，且未经仵作验尸的，不得入殓。你之所为于律有悖，理应重责。现命你当着仵作的面，将当时尸首之情状一一禀来，包括你验明其死因的依据！"

华大夫忙细述他见到月仙尸首时的情状。听完他的叙述，狄公疑惑地看着仵作，仵作说道：

"回禀大人，处子之身死于此种情形实属不多，然医案确有记载。假死之后昏睡不醒亦非罕见。华大夫所述之症状与名家医典的记录相差无几。"

狄公点头称许，遂当众对华大夫判以重罚，道：

"本县原打算审理杏花命案，但此案涉及人命，当务之急须先仔细勘察。"

说罢，狄公一拍桌案，宣布退堂。

狄公行至廊下，吩咐马荣道：

"让衙役备好官轿，我欲去蒋举人家走一遭，然后再派四名衙役到城外佛寺等候，准备开棺验尸。蒋家事毕，我即便前往。"

说罢，狄公转身回到二堂。

洪亮为狄公沏了杯茶，乔泰在旁伺候狄公。狄公背着手踱来踱去，眉头紧锁。他接过洪亮沏的香茶，呷了几口，说道：

"想不通刘飞坡为何要提出那种荒谬的诉状！匆忙将死者入殓确实令人生疑，但是，凡神志正常之人定会要求验尸，而非以死相告！昨晚在花船宴上，刘飞坡可是颇为从容冷静的绅士呀。"

"方才在大堂之上，他似乎有些不太正常啊，大人。"洪亮说道。"我见他双手颤抖，唾沫乱溅！"

"他那诉状也是荒唐至极！"乔泰嚷道。"他若认定蒋举人品行低劣，为何要同意与之结亲？他看上去可不像是愿意俯首听命于妻小的人呀！况且，对他而言，解除婚约亦非难事！"

狄公赞许地点点头。

"这门亲事背后定有隐情！"狄公说道，"而蒋举人呢，尽管家遭不幸，悲恸万分，举止神态仍不失体统！"

正在这时，马荣来报，说是已备好官轿。狄公遂带着三名随从来到县衙中庭。

蒋举人家的府第颇为气派，依山而建，在县衙以西。

管家打开厚重的大门，迎接狄公的官轿进院。

举人殷勤地扶狄公下轿，又请狄公和洪亮在客厅就座。马荣、乔泰、班头及四名衙役则在前院把守。

狄公与举人隔案而坐，落座时细细打量打量这家主人。见蒋举人身材高大，体态匀称，双目中透着睿智。他五十上下，尚在壮年，当此年纪便获朝廷恩俸，实属有幸。蒋举人从容地为狄公斟了杯茶，便坐定等贵客发话。洪亮一直站在狄公的身后。

狄公见书架上摆满了书籍，遂问举人学问等等。蒋举人措辞严谨，简短说道，自己对古代名家名篇的批注多有研究。狄公遂提了几个小问题，他皆能对答如流，说明他学问确实了得。

蒋举人带狄公来到儿子的书房（高罗佩　绘）

对颇有争议的篇章真伪，他亦有自己的真知灼见，并可随意引用名家论述，尽管这些名家并非人人皆知。或许有人会质疑他的品德，但他学识渊博一事，毋庸置疑。

"那么，"狄公问道，"先生尚在壮年，为何辞去县学的教职？一般情况下，很多人即使年过古稀，也不愿放弃这份杏坛传道的荣耀。"

蒋举人看上去颇为疑惑。他看看狄公，冷冷说道："在下宁愿专心治学。近三年来，我在家开设私塾，专门为学业有成的秀才教授古诗文。"

狄公起身，提出要看看血案发生的现场。

举人默默点了点头，便领着客人穿过游廊来到第二进院落，在一造型别致的拱门前停下脚步。他缓缓言道：

"里面的院落就是为犬子准备的新房。棺木被抬走后，在下已严令禁止出入此处。"

院子里是一个小花园，中间摆一张石桌，两边修竹成荫，竹叶沙沙作响，令人一时忘了暑热。

从窄门走进门厅，蒋举人先推开左边的屋门，里面是间书房，不大，只容得下摆在窗前的书案和一把椅子。书架上摆满了书和手稿。举人睹物思人，低声说道：

"我儿极爱这书房，还特为自己取了'竹林逸士'的雅号，虽然外面的翠竹并不成林。"

狄公走进书房，仔细翻阅架子上的书籍，蒋举人和洪亮则站在外面。狄公回过身来，漫不经心地对举人说道：

"从书架上的书籍来看，贵公子的爱好极为广泛。可惜，连柳巷的姑娘也成了他的嗜好！"

蒋举人闻言，颇为不满，道："究竟是什么人在大人面前说这些可笑的话，简直是混淆视听！我儿一向慎言谨行，夜里从不外出。到底是谁在散布这种荒唐的谣言？"

"道听途说罢了，或许是张冠李戴了，"狄公故意含糊其词道，"既然贵公子学业勤奋，可有得意的大作？"

举人指着案上的一叠纸张，匆匆说道：

"那是我儿最近写的《论语》笺注。"

狄公翻阅着手稿。"字写得相当不错。"他边说，边走出书房，进入门厅。

举人带他们到书房对面的客厅。方才听到狄公说他的儿子生活不够检点，他心里愤然不平，遂面有愠色地说道：

"大人，沿走廊走到头就到卧房门口了。大人请便，在下在此恭候。"

狄公点点头，由洪亮陪着，遂穿过灯光昏暗的走廊。走廊尽头，见一扇门虚掩着，狄公便推开房门，进了一间颇为阴暗的房间。两人见房间很小，只有一扇窗，上面糊着窗纸，仅能透过些许光亮。

洪亮低声说道：

"可见，蒋秀才就是杏花的相好！"

"可惜此人已投河自尽！"狄公焦躁地答道。"我们虽找到了竹林逸士，但人却没有了！可是，他的笔迹却与杏花书函上的大不一样，让人费解。"狄公俯身勘察了片刻，继续说道："你看，地上有一层浮尘。举人所说属实，自从月仙入殓后，果然再无人进来。"

狄公查看了靠后墙摆着的大床，见上面草席上有几个暗红色斑点。屋子右边是张梳妆台，旁边摆着衣箱。床边还摆放了一张茶几和两个凳子。屋内憋闷，令人窒息。

狄公想打开窗子，但有窗闩，上面落满了尘土。狄公用力移开窗闩，透过铁条，看见外面是一片菜园，一圈矮墙，只开了一个小门，厨子可以进来摘菜。

狄公不解地摇了摇头，说道：

"洪亮，房门是从内锁上的，窗户也上了铁栏，至少几天没有打开了。蒋秀才到底如何在新婚之夜逃出屋的？"

洪亮也狐疑地看了看狄公，说道：

"端的奇怪！"迟疑半晌，他又说道："或许屋内有暗门，大人！"

狄公急忙起身，与洪亮一道挪开大床，仔细查看后墙和地面，接着又检查了其余几面墙壁和地面，可是毫无结果。

狄公重又在椅子上坐下，拍了拍裤子上的灰尘，说道：

"洪亮，你去客厅，命举人列一张单子，写上他和他儿子的亲朋好友的名字。我多留片刻，再仔细看看。"

参军离开后，狄公双手抱臂，沉思良久。看来旧谜未解，又添新惑。杏花一案倒有些确切的线索，凶手的动机也很明显：无非是杀人灭口。四名嫌犯也已确定，只需详细调查他们与杏花的关系，到时所谓的阴谋便会大白于天下。明察暗访也较为顺利，不想眼下却冒出这桩奇案，两位当事人皆已毙命，死无对证！蒋举人虽然古怪，但也不像寻花问柳之徒。但是，表象常会骗人，否则，万一帆怎敢拿自己女儿的事说谎，蒋举人怎敢说自己的儿子从未去过柳巷？蒋举人聪明过人，深知此等事一查就明。抑或举人与杏花有染，在书信中借用了儿子的雅号？他年纪已然不轻，性格也倔强，很难懂得女人的心性。无论如何，须将举人的笔迹与杏花书函上的对照一下，洪亮要蒋举人列名单，便是此意。不过，蒋举人绝不会是杀害杏花的凶犯。夜宴当日，他根本不在船上！也许，杏花的私情与凶犯毫无关联。

狄公在椅子上起坐不定，顿觉不安，仿佛有人暗中偷看一般。他转身看看窗外，只见一张苍白憔悴的面孔，正瞪大双眼盯着他看。

狄公跳起来跑向窗户，未承想被凳子绊了一跤。他爬起来，重又跑到窗前，只见菜园的门已经关上。

他急忙跑到前院，令马荣、乔泰二人立刻到街上搜寻一个中等个的汉子，那人剃光了头发，像个出家的和尚。他又命令班头把蒋家所有的人带到客厅，要盘查蒋府上下，看是否有人匿藏。吩咐已毕，他缓缓走到客厅，双眉紧蹙。

洪亮和蒋举人疾步赶来，忙问出了什么事。狄公没理他们，只对蒋举人不客气地问道：

"婚房中有暗门，你为何不讲？"

举人看看狄公，一脸茫然。

"暗门？"他问道。"我一个文人，赋闲在家，久享太平，何需那种机关？我即刻便去府第各处看看。我向大人担保，没有所谓的暗门！"

"既然如此，"狄公冷冷地说道。"你儿子逃出洞房该如何解释。窗户上了铁条，门是从屋内锁上的。"

举人以手拍额，不耐烦地说道：

"我竟然没想到那个！"

"我给你时间，让你好好想想！"狄公生气地说道。"我即刻前往佛寺，开棺验尸。你且静等传讯，不得离开。为了公正审案，此举非常必要，免得你抱屈喊冤！"

蒋举人听罢，火冒三丈，但还是极力克制，一言不发地转身离开了客厅。

班头将男男女女都带到客厅，说道："人已尽数带到，大人！"

狄公扫视一眼众人，未见有人与窗外的汉子相似。他又问丫鬟金莲，可曾为新人送饭，她的回答的确与举人的供词一致。

狄公打发众人下去。这时，马荣和乔泰走了进来。马荣擦着额头的汗水说道：

"大人，我们搜查了附近的街巷，没什么收获，只看到有个卖柠檬的小贩靠着推车打盹。中午天热，街上人少。菜园门口只放着两捆木柴，显然是砍柴人的，但却不见人影。"

狄公略略告诉二人，刚才窗外有模样古怪的汉子偷窥。他又吩咐班头去刘飞坡和王员外府上，传唤二人到佛寺问话。然后，他吩咐马荣随他一同前往佛寺，看衙役是否已准备停当。狄公转身对乔泰说道："你与两名衙役留下，切勿让蒋举人离开蒋府！要睁大眼睛，留意那个偷窥的古怪汉子，看他是否再来！"

说罢，狄公愤然一甩衣袖，走向官轿，与洪亮一同上轿去往佛寺。

待众人登上佛寺前院的石阶，狄公见佛院四周杂草丛生，山门巨大的立柱也是红漆脱落，斑斑驳驳的样子。他曾听人说过，几年前庙里的僧人便已离开，只剩一个老头看门。

穿过破败的走廊，狄公与洪亮来到偏殿，见马荣、仵作和衙役正候在那里。马荣去带操办丧事的值事及其手下过来。只见偏殿右边是供桌，上面没什么供品。供桌前面摆着一口棺材，置于两条长凳上面。衙役在偏殿左边已摆好一张大桌案，边上放一张供书吏书写的矮桌，暂且充作衙门大堂。狄公未在案前坐下，而是先传操办丧事之值事及其手下。一众人等跪在案前，狄公问道：

"你可曾记得，为死者擦拭身体时，婚房的窗户是开着还是关着？"

那值事张口结舌，看看自己的手下。其中一个年轻的赶紧答道：

"关着的，大人！房里太热，我想打开窗户，但窗户上了闩，推都推不开啊。"

狄公点点头，又问道：

"那尸首上可有伤痕？是否有刀痕、钝器击伤，或者瘀伤？"

值事摇摇头。

"大人，死者流血很多，令小人吃惊，故擦拭尸体时，我尽量小心翼翼，但未见刀伤，抓伤也没有！另外，姑娘身体格外结实，她那样人家的年轻小姐里找不出几个。"

"为死者擦拭完身体穿上寿衣后，就立刻入殓了吗？"狄公追问道。

"对啊，大人。孔先生命我先临时入殓，姑娘的公婆还需商量何时下葬、下葬在哪里。棺材板很薄，三两下就钉上了。"

此时，仵作已在棺木前的地上铺好了薄草席，还放了一铜盆热水。

这时，刘飞坡和王员外走了进来，向狄公拱手致礼。狄公在案前坐下，用手指敲了敲案桌，说道："此次升堂，非同一般，是为了开棺验尸，以解开蒋刘氏一案之疑点。开棺并非挖坟掘尸，而是案件审理的必要一环，故无须征得死者父母的首肯。本县要求死者的父亲刘飞坡到场作证，王员外亦须到场履职。蒋举人已被软禁在蒋府，故无法亲临。"

狄公示意衙役点燃两束香，一束插在狄公桌案边上，另一束插在棺木旁的地上。一时间，浓烟弥漫，味道刺鼻。狄公命令那值事打开棺木。

值事将凿子插入棺材板下面，两名手下遂将钉子起开。

两名手下一抬走棺盖，只见那值事倒吸一口气，猛然倒退几步。两个显然已经吓坏了的手下一松手，棺材盖便咣当掉在地上。

仵作急忙向前，朝棺材里一望。

"怪哉！可怕啊！"他惊呼道。

狄公一听，起身疾步走到仵作身旁。只看了一眼，他也不由地后退了几步。

棺材里躺着的是一个穿戴齐整的男尸，头部血肉模糊。

　　众人一言不发，站在棺材四周，看着这具可怖的尸体，简直不敢相信自己的眼睛。死者的头部似已被利器劈开，头部血污一片，早已结痂，模样令人作呕。

　　"我的女儿呢？"刘飞坡突然喊道，"还我女儿！"王员外赶忙搀扶着悲痛万分的刘员外，走到一边，刘员外哀恸不已。

　　狄公猛然转身返回桌案。他用手一拍桌案，厉声说道：

　　"请各归各位！马荣，你去搜查一下佛寺。值事，让你的手下把尸体抬出来！"

　　二人遵命，将僵硬的尸体抬出棺材，放在草垫上。仵作跪在地上，仔细褪去死者沾满血污的衣服。外衣和裤子均为粗布缝制，上面缀满难看的补丁。仵作仔细将衣物叠放整齐，遂抬头望着狄公，等狄公示下。

狄公拿朱砂笔在尸格抬头处写下："男尸一具，身份不明。"写完，将尸格递给书吏。

仵作在铜盆里把毛巾蘸湿，仔细擦去死者头部的血迹，露出骇人的伤口。接着，他又擦拭死者全身，细细勘验。最后，他起身禀道：

"男尸一具，发育健全，年届五十。双手粗糙，指甲开裂，右拇指有明显的老茧。须发短而稀疏，秃顶。死因是前额中的伤口，宽一寸，深两寸，为双刃剑或利斧所伤。"

书吏在尸格上记录验尸结果，仵作按上指印并将尸格呈给狄公。狄公命仵作仔细检查死者的衣物。仵作在其衣袖中发现了一把木尺和一团皱纸，遂将这些物品置于桌案之上。

狄公漫不经心地看了一眼尺子，遂将纸团展开。看罢，他双眉一扬，将纸团纳入袖中，说道：

"各位依次上前辨别尸者身份。先请刘飞坡和王员外！"

刘飞坡匆匆瞥了一眼，见那脸已面目全非，遂摇摇头赶紧走开了。他已吓得面如死灰。王员外本想走个过场，但一看之下吓得他惊叫一声。他强忍恶心，仔细打量尸体，随即大叫道：

"我认得此人！此人是木匠毛源！几天前，他还曾到我府上修过桌椅！"

"他家住何处？"狄公赶忙问道。

"我不知道，大人。"王员外答道。"不过，可去问问我的管家。管家唤他来的。"

狄公默默捋了捋胡须，突然对那值事斥道：

"你操此行当，应熟知规矩，如今棺木被人动了手脚，为何不及时向官府禀报？这真是当初入殓女尸的棺木？还不从实招来！"

值事吓得直打哆嗦，结结巴巴地回答道：

"我……发誓，这便是那具棺材，大人！是十几天前我亲自运来的，上面还烫着记号。但是，棺材很容易打开啊，大人！原来只是临时停放尸身，故棺木并未钉死，而且……"

狄公不耐烦地挥了挥手，示意他住嘴。

"尸体须重新入殓。本县会即刻与死者家属商量安葬事宜。另外，派两名衙役把守佛堂，免得尸体'消失'！班头，速带看庙人前来！那狗头到底有何用处？他早该来受审！"

"看庙的不过是个老苍头，大人！"班头慌忙答道。"他又聋又哑，住在庙门边的小屋里，全靠那些善男信女们施舍粥饭过活。"

"竟然又聋又哑！"狄公愤怒地低声说道，随后又对刘飞坡道：

"本县即刻便去查找你女儿尸体的下落。"

这时，马荣回到佛堂，禀道：

"启禀大人，我已勘察过整个佛寺，包括佛寺后的园子，没找到可能藏匿或掩埋尸体的痕迹。"

"你随王员外一起回府，"狄公吩咐道，"弄清楚木匠的住处，然后马上去了解他死前几天的行踪。他若有男性亲友，带他们到衙门候审。"

说罢，狄公拍案，宣布退堂。

临离佛堂时，狄公来到棺材前，仔细检查棺材，见棺内并无血迹。他又勘查了棺材周围的地面，只见地上脚印杂乱，看不出任何血迹或血渍被擦掉的痕迹。很明显，木匠是在别处遭的毒手，尸体是在血迹凝固后才被搬进佛堂装入棺材的。勘察已毕，狄公离开众人，出了佛堂，洪亮紧随身后。

狄公一路默然不语。回到二堂，待洪亮帮他换上便服，他才一扫心头的阴郁，坐在书案旁，微笑着说道：

"唉，洪亮，一团乱麻啊！不过，幸好蒋举人已被软禁在家。你看看木匠袖中的这个纸团！"

他将纸片推给洪亮，洪亮一看，大惊道：

"上面竟然写着蒋举人的名字和地址啊，大人！"

"没错，"狄公得意地说道，"那蒋举人虽然有才，但百密一疏，终究还是露馅了！洪亮，让我看看他写的名录。"

参军从袖中掏出一张折好的纸片，递给狄公，神情沮丧地说道：

"依我看，他的笔迹与书函上的大不相同，大人。"

"说得没错，"狄公答道，"毫无相似之处。"他将纸片丢在案上，接着说道："洪亮，用过午饭后，你去衙门档案馆查找刘、韩、王和苏等人的笔迹，并让各人向衙门写张呈子。"说罢，他从抽屉里拿出两张名刺交给参军，"把名刺转交给韩咏涵和梁大人，告诉他们我午后过府拜访。"

狄公起身时，参军问道：

"蒋夫人死不见尸，到底是何缘故，大人？"

狄公答道："眼下未找到任何线索，若要解开此谜，显然不大可能。暂且把此案先放一边，我先回府用午饭，顺便看看妻儿老小，不知他们过得怎样。几天前，我那三夫人说，两个儿子写得一手好文章，可他们不过顽童而已。"

午后，狄公回到二堂，见洪亮和马荣正俯身站在案桌前，对着几张纸片反复琢磨。洪亮抬头说道：

"这是四名嫌犯的笔迹，大人，他们的笔迹与杏花书函上的字迹不同。"

狄公遂也坐下，仔细比对着书呈上的字迹。过了片刻，他说道：

"的确如此，毫无相似之处！唯独刘飞坡的笔锋有点竹林逸士的韵味。我想，刘飞坡写书函时，有意掩饰自己的笔迹。毛笔可是非常有灵性的，书写者即使用不同的字体，也很难掩盖自己的运笔方式。"

"大概是刘飞坡从女儿那里知道了蒋秀才的别号，大人！"洪亮急急说道，"可能是找不到更好的落款，他只好用这个别号署名！"

"说得有理，"狄公思忖道，"我还须多了解些刘飞坡的底细。去拜访韩员外和梁大人，就是为此。他们定能告诉我一些刘飞坡的情况。马荣，关于木匠，可打探出些什么？"

马荣懊丧地摇摇头。

"打探到的消息不多，大人。毛源住的茅屋就在湖边鱼市附近，家里只有一个老妻。我从来没见过那么丑的女人！丈夫在不在家，她一点都不在意。木匠出外干活，一走就是数日。跟这婆娘过活，他的日子可真难呀！三天前大清早，毛源说要去蒋举人家修家具，以备婚礼之用。他告诉妻子说，他会在蒋府下人房里找个睡觉的地儿，因为活儿多，得干好几天。没承想，他之后便再也没回过家！"

马荣做了个鬼脸，又说道：

"我把毛源的死讯说给那个傻婆娘时，她说，她早料到她家老头子不得好死。说他总跟他的堂弟毛禄上酒馆、下赌场的。说罢，她竟向我讨要起恤银来！"

"这个可恶的女人！"狄公愤愤地骂道。

"我告诉她，"马荣又道，"抓住凶手定了罪才能得到恤银。听了这话，她却骂起人来，还说我私吞了银两！我赶忙离了那丑婆娘，向周围邻里打听毛源。大家都说，毛源脾气不错，干活肯卖力气，偶尔喝酒喝多了，也从不招惹是非。娶了那样的女人总得以酒浇愁吧？他们还说，他那堂弟倒真是个坏种，虽也是个木匠，但居无定所，到处流浪，偶尔在有钱人家干些零活儿，可逮住机会就小偷小摸的。而且，他一有钱就酗酒、赌博，近来没在街上看见他。听人说，他因为喝醉酒撒酒疯，用刀砍伤了另一个木匠，被逐出了木匠行会。除了他，毛源再没有旁的男性亲友了。"

狄公呷着香茶，捋了捋胡须，说道：

"马荣，你收获不小啊！毛源袖中纸片上的字，我等起码弄明白了是怎么回事。你速去蒋府与乔泰汇合，查明毛源何时到的蒋家、做了些什么活计、何时离开的，并留意一下周围的邻里，或可发现那个窗口偷窥的怪异男子。"狄公起身对参军说道："我走之后，你去刘府那条街上走走，仔细查个究竟，听听左邻右舍怎么说刘飞坡和他的家人。他既是蒋家命案的原告，又是杏花命案的主要嫌犯。"

说罢，狄公将茶一饮而尽。他穿过中庭，来到门厅，此时官轿已经备好。

街上依然热浪滚滚。幸好，韩府离县衙不远。

彼时，韩咏涵已在大门外恭候。两人拱手致意，韩员外请狄公来到光线昏暗的大厅，厅内放着两只装满冰块的大圆铜盆用来祛暑降温。韩员外一面请狄公在茶几旁一张宽大的太师椅上坐下，一面吩咐管家献上香茗和茶点。趁这空档，狄公一边打量客厅，一边心内盘算，韩宅确实是所老宅，估计有上百年的历史了。厚重的立柱和头顶的横梁，雕龙画凤的，已年久发黑，墙上挂的画轴也已微微泛黄，但整个大厅自有一种深沉古旧的气象。

古色古香的胎瓷茶碗盛着清香的茶水呈上之后，韩咏涵略有些矜持，他清了清嗓子，道：

"昨晚鄙人有些失礼，恳请大人原谅。"

"昨日非同小可，"狄公笑道。"不必介怀！不知府上有几位公子啊？"

"膝下只有一女，"韩咏涵面露戚容，冷冷答道。

二人一时语塞，好不尴尬，看来开场不顺啊。狄公暗想，韩员外为人尊贵，必然妻妾成群，男丁兴旺，这样发问也没有错呀。于是，他又镇静自若地说道：

"实言相告，花船凶案、刘飞坡女儿蹊跷的命案，这两桩案子颇令人困惑。与两桩案子相关之事，还望韩员外不吝赐教。"

韩咏涵躬身答道：

"愿为大人效劳。刘飞坡和蒋文祥均是鄙人的朋友，他们之间的激烈争执着实令人吃惊。二人皆是城里名声显赫的人物，鄙人深信，大人定能妥为处理，那样会——"

"先不忙着为他二人讲和，"狄公打断他的话，"在此之前，本县须弄清楚新娘是否死于非命。如若死于非命，本县必当严惩凶犯。不过，我们还是先说说杏花被害一案吧。"

韩咏涵摆了摆手，不悦道：

"大人，这两桩命案根本就是风马牛不相及呀！杏花虽是色艺双全，但毕竟不过一个舞姬而已！这样的姑娘往往纠缠于风流韵事之中，天知道她们中有多少人是死于非命的！"说着，他凑近狄公，神秘说道："大人，倘若官府对杏花一案，哪怕，哦……草草了事，吾辈中人亦不会提出异议的。鄙人以为，州府也不会对一个轻贱女人的死过问的。但月仙一案则完全不同！那会影响本城的名声啊，大人！如果大人能力促刘、蒋二人放弃诉讼，我等会不胜感激。大人可否……"

"看来，你我对律法的看法大不相同，"狄公打断了他的话，冷冷言道，"那么，再谈下去也不会有什么结果。我只问你几个问题。首先，你和杏花到底是什么关系？"

韩咏涵唰地涨红了脸。他强压怒火，声音颤抖地问道：

"你真想知道？"

"当然想知道！"狄公和气地答道，"那我何必要问呢？"

"我拒绝回答！"韩咏涵愤然答道。

"此时此刻你有权不答，"狄公平静地说道，"本县如若在大堂问你同样的问题，你必须回答，否则就是藐视公堂——要打五十大板。现在问你这个问题，不过为了照顾你的面子。"

韩咏涵愤怒地看着狄公，极力控制自己的情绪，语气平缓地说道：

"杏花貌美，善舞，且说话风趣。她天资聪颖，我雇她为宾客助兴。除此之外，没有任何关系。她的死活，与我无关！"

"你不是说过自己有一位千金吗？"狄公突然问道。

韩咏涵显然以为狄公想转移话题，他吩咐旁边小心翼翼的管家上些果脯和甜点，接着温和地言道：

"是啊，大人。小女名叫柳絮。虽然夸赞自己的孩子不大合适，可柳絮的确相当出众。她能写善画，还能——"话音未落，他突然意识到什么，遂道，"家务琐事，何扰大人兴致！"

"本县问你第二个问题，"狄公说道，"你觉得王员外和苏员外两位的人品如何？"

"数年前，"韩咏涵正色道，"王、苏两位员外经行会同业们一致推选为会首，照顾大家的生意。当然是因为他们德高望重、行止端正才当选的。对此，我绝无异议。"

"那么，再问个月仙命案的问题，"狄公又问道。"蒋举人为何早早赋闲在家？"

韩咏涵在椅子上不安地挪动着身体，不耐烦地说道：

"非得提起那桩旧事？那个状告举人的女弟子纯属神志昏沉，事情已然查明。令人感佩的是，蒋举人仍坚持辞去教职，认为县学不应遭到非议，即便他清白无辜。"

"我会查阅卷宗了解此事。"狄公说道。

"哦，大人在卷宗里不一定能查到，"韩咏涵赶忙说道。"幸好，此案从未上堂审理过。但我汉源名士一众皆听到了当事人的陈述，遂与县学主事一起了解了此事。大人，我等以为，有责任为官府省去不必要的麻烦。"

"领教了！"狄公淡淡言道。说罢，他起身感谢韩咏涵盛情。韩咏涵送狄公上官轿。狄公暗想，此次拜访收效甚微，看来韩咏涵此人难以深交。

八

　　狄公登上官轿，轿夫说梁大人的府邸拐过去就是。狄公默念，但愿此次过府能够见到梁大人。梁大人非汉源本地人，对汉源之人之事不至于像韩咏涵那样顾虑重重、讳莫如深吧。

　　梁府大门气势不凡，大门左右立柱上雕着五彩祥云和飞禽走兽的精美图案。前庭古木参天，遮天蔽日。一位挂满愁容的瘦长脸书生前来迎接贵客。他自称是梁大人的宗侄，名叫梁奋，帮忙处理梁府事务。他就梁大人因故未来亲迎狄公一事客套着，狄公打断了他的话，直言道：

　　"深知梁大人身体欠安，若非公事紧急，本县岂敢打扰。"

　　梁奋深施一礼，遂引狄公步入幽暗的大回廊，一路上并不曾见着青衣奴婢。

正待二人穿过一个小花园时，梁奋停下，紧张地搓着双手，说道：

"晚生冒昧，恳请大人见过家伯后，能否屈尊与小人叙谈片刻？小人眼下处境颇为艰难，真不知——"

未等后生把话说完，狄公瞥了他一眼，点头应允。后生如释重负，遂领狄公穿过花园，来到客厅。后生打开厅门，道："请大人稍等，梁大人马上就到。"说完先行告退，并悄悄带上了厅门。

狄公眨了眨眼，见厅房阔大，但光线分散、昏暗。起初，他只能看见厅房后墙上有个白色的方框，仔细一看，原来是个大的矮窗，上面糊着发灰的窗纸。

狄公小心翼翼地在厚厚的地毯上走着，生怕自己的腿碰到家具。待适应了昏暗的光线后，他发现自己的担心是多余的。这间厅房少有陈设，后窗前只有一张高案和一把太师椅；两边贴墙放着摆满书籍的书架，书架前各放两张高背靠椅。房间空荡荡的，让人有种诡秘、荒凉的感觉，似乎无人居住一般。

狄公见雕花的红木架子上放着一个彩瓷大鱼缸，便走上前去。

"请坐！"猛听得有人尖声叫喊，狄公踉跄后退几步。

尖叫声是从窗外传进来的，狄公感到疑惑，定睛一看，顿时失笑。原来窗边挂着一只银丝鸟笼，里面有只八哥正扑打着翅膀，上下跳动。

梁奋迎狄公入府（高罗佩　绘）

狄公走到八哥笼旁，敲敲银丝笼，佯嗔道：

"你这顽劣的小鸟，真吓了我一跳！"

"顽劣的小鸟！"八哥尖叫起来。它扬起光滑的脑袋，亮晶晶的眼睛狡狯地看着狄公，继续尖叫道："请坐！"

"遵命，谢谢！"狄公说道，"不过，我先去看看那些金鱼可好？"

俯身鱼缸前，狄公见六尾墨龙睛摇着尾巴和鱼鳍游到水面，个个鼓着大眼睛，直盯着他看。

"可惜呀，没食喂你们！"狄公说罢，便见鱼缸中央有个形似石头的基座露出了水面，上面立着一个花仙的小雕像。花仙的雕像很精巧，乃彩瓷烧制；花仙笑语盈盈，涂着腮红，宽边草帽栩栩如生。狄公想伸手摸一下花仙的雕像，不承想却吓得金鱼四处逃窜，泛起阵阵水花。狄公知道，这些精心培育的名贵生灵受到惊吓后，剧烈游动会损伤到它们的尾鳍，于是赶紧走开，站到书架前面。

就在这时，门开了，梁奋搀扶着一位弯腰驼背的老人走了进来。狄公忙深施一礼，恭敬地站在一旁，梁奋则扶着他的主人颤巍巍地走向太师椅。梁大人左手扶着后生的手臂，右手拄着龙头红漆拐杖。只见他穿一领棕色锦缎长袍，头戴缀有金线的黑色纱帽，额前一副月牙形的黑色眼罩，因而狄公也看不清他的眼睛。老人髭须花白浓密，白色长髯飘至前胸，分成三股，令狄公印象深刻。梁大人缓缓在书案后的太师椅上坐定，八哥则在银丝笼中扑打着翅膀叫道："五千两白银！"老人摇了摇头，梁奋赶忙用汗巾罩住鸟笼。

梁大人双肘支在书案上，硕大的脑袋向前伸着，僵硬的锦袍肩部上翘，活像鸟的翅膀。狄公见窗前这位老人佝偻着身子，好似巨大的猛禽飞上枝头，等着报应来到，但一开口却喃喃低语，声音微弱含糊：

"贤侄请坐！我猜你是我那已故同僚，前宰辅狄大人之子吧？"

"正是在下，大人！"狄公恭敬地答道。他欠身坐在靠墙的椅子上，梁奋则一直站在主人的身边。

"贤侄，我已年届九旬！"梁大人继续说道。"视力模糊，关节僵硬……这个年纪，还有何奢求呢？"

说罢，头又垂到胸前。

狄公赶忙说道："大人，在下此来，实在事出有因。在下尽量说简短些。眼下有两宗案子相当棘手，大人想必知道，汉源的百姓甚难接近，他们……"

狄公见梁奋使劲朝他摇了摇头，上前低声说道：

"大人已经睡着了！家伯近来常常如此，一睡就是几个时辰。不如去小人的书斋坐坐，小人去吩咐仆役服侍家伯安寝。"

狄公见老人头枕胳膊趴在案上昏睡过去，且呼吸不匀，不禁心生怜悯。狄公随梁奋来到梁府后院的一间小书斋。门是开着的，门口是一个精致的小花园，四周高墙围绕。

梁奋请狄公在书案前的太师椅上坐下，案上堆满了账本和书卷。"我现在就去唤服侍梁大人的老夫妻来，把大人先送回卧房。"梁奋匆忙说道。

狄公独自一人坐在书斋，缓缓捋着胡须，心中有些不悦，今天可真不走运啊。

梁奋回到书斋，连忙给狄公沏茶。为狄公沏了杯滚烫的茶水后，他坐在茶几旁，郁郁不乐地说道：

"大人前来看望家伯，他偏偏又睡得昏昏沉沉的，实在抱歉！您若有吩咐，小人定当效劳。"

"不必客气。"狄公答道。"不知梁大人何时得此病症？"

"大约半年前，"梁奋叹道，"八个月前，家伯在京城的长子命小人前来帮忙打理家务。于小人而言，这是美差。实言相告，小人家道中落，没甚出息。而在梁府帮忙，小人衣食不愁，还有闲暇准备下一场科举。头两个月，诸事顺遂，梁大人唤小人去他的书房待上一个时辰，口述书信让小人抄录，心情愉快时，还说起为官时的奇闻轶事。家伯患有眼疾，于是让人将屋内的家具尽数搬空，以免碰伤自己。他关节虽时有疼痛，头脑却十分清醒，亲自掌管着偌大的田产家业，从无疏漏。"

然而，大概半年前，想必是他在夜里中了风，突然说话吃力，常常晕厥。而且，每七八天才见小人一次，说话中间都会睡着。另外，他在卧房一待就是几天，只喝些茶水，吃点松子，还服一些自煎的草药。那对老仆夫妇说，梁大人想找仙药。

狄公摇摇头，感叹道：

"看来，长寿未必是福啊！"

"简直是灾祸啊，大人！"后生大声应道。"故此，小人想问问大人，该如何是好。梁大人虽拖着病体，但还要亲自管理账目。而今，往来的书函，他也不再找小人抄录；与万一帆谈生意，也不让小人参与。万一帆是刘飞坡引荐给他的牙侩。我管着来往账目，发现梁大人最近几笔买卖很是古怪。他出售了大片的田产，价格低得离谱！他在亏本出卖自己的家产啊，大人！若有任何事，梁家必定要小人负责，小人该怎么办呀？梁大人不让小人插手此事，小人该如何是好？"

狄公点头表示理解，此事的确不好拿捏。顿了片刻，他说道：

"此事对你来说，的确费力不讨好。何不修书一封，告诉梁大公子此处情形，请他来此，他定能明白其父已是垂暮之人。"

对狄公的建言，梁奋似乎不以为然。狄公为他感到惋惜，也完全理解身为显赫家族穷亲戚的苦楚。若将此事要告诉族人，对于主人家而言，该有多尴尬。于是，便说道：

"如果你能细数梁大人不善经营的例子，我很愿意为你写个便笺，以县令的身份证明梁大人老迈多病，已无力处理家族财产等事宜。"

梁奋听罢，面露喜色，感激地说道：

"您真是帮了小人的大忙啊，大人！为了熟悉账目，小人已将梁大人近来的几笔买卖结算了，并记录在账上。这是一份账簿，梁大人亲自写了批语。因患眼疾，他字写得很小，但意思很明了。大人你看，那片地的出价实在太低。买主虽付的是现银，但是……"

狄公看似全神贯注地翻阅着账簿，但实际上并未看具体账目，而是仔细琢磨着账簿上的笔迹，与竹林逸士给杏花书函上的笔迹是何其相似！

狄公抬头说道：

"我且将账簿带回，须得仔细看看。"他卷起账簿，纳入袖中，又说道："蒋佑璧投河自尽一事，你一定感到震惊吧。"

"震惊？"梁奋惊愕地问道。"小人听见人们谈论此事，但与那不幸的书生并不认识。城里的人小人也认不得几个。小人也很少出门，除了去孔庙的藏书楼找过书。闲暇时光，小人总是读书。"

"但你有空去逛柳巷，对吧？"狄公冷冷地问道。

"是谁散布的谣言？"梁奋愤然道，"小人夜里从不出门，那对老夫妇可以作证！小人对水性杨花的女人毫无兴趣，小人……何况，小人哪里有钱去花天酒地呀？"

狄公并未作答，而是一边起身往花园走，一边问道：

"梁大人身体硬朗时，是否经常在花园散步？"

梁奋匆匆瞥了狄公一眼，答道：

"不常去，大人。此处只是后花园。出了那边的小门，便是梁府的后巷。花园在府宅的另一端。想必大人不会相信那些恶毒的流言的。真想不到谁会……"

"请别在意，"狄公打断他的唠叨。"有空了，我先研究下你的账簿，到时候告诉你我的想法。"

梁奋千恩万谢，遂引狄公来到前庭，并扶他上轿。

狄公回到县衙，见洪参军和乔泰正在二堂等候。洪亮兴奋地说道：

　　"乔泰在蒋府发现了重大线索，大人！"

　　"太好了！"狄公说着，便在书案前坐下。"快快说来，你有何收获，乔泰？"

　　"说实话，收获也不甚多，"乔泰甚为羞惭地说道："蒋家的命案进展不大。我又去洞房搜查了一遍，马荣也从佛寺回来帮我一起查，但未找到偷窥怪人的行踪和住处，也没从木匠毛源身上发现什么。蒋府的管家说，他是在婚礼的前两天找到木匠的。头一天，木匠为乐师们搭了个台子，晚上便睡在门房。第二天，他修了几件旧家具，还修了洞房漏雨的屋顶，晚上又在门房睡了一宿，第三天清早起来便修理宴席用的大饭桌。后来，他又在厨间帮工。宴席开始后，他和仆人们一起饮酒，直喝得酩酊大醉才睡！第四天清晨就发生了新娘被害的案子。出于好奇，毛源一直待在蒋家，直到蒋举人寻子无果。后来，管家看见毛源在街上跟发现蒋秀才腰带的渔夫说话。不久，他便带着木工家伙走了。蒋举人本人从未跟毛源说过话，一直是管家吩咐他做事，也是管家付钱打发他走的。"乔泰拽着短须，继续说道：

　　"今日午后，趁举人小睡，我翻了翻他的藏书。有本关于箭艺的古书，里面还有插图，我很感兴趣。看完书，我把书放回原处时，发现还有一本古书，是本棋谱。我随意翻了几页，便找到杏花死时藏在袖子里的棋谱末页。"

"太好了！"狄公赞道，"你可曾将棋谱带回？"

"没有，大人。我怕举人找不见棋谱疑心。我让马荣兄弟在蒋府守着，自己则去了佛寺对面的书局。我说了书名，书局老板说还有一册，而且一下子就翻到了最后一页！老板说，此书是韩咏涵的曾祖父七十年前出钱刻印的。老头是个怪人，大家都叫他韩隐士。他是当时著名的围棋高手，其棋谱至今仍有人研读。爱好围棋的人都想破解最后一页的棋局，但可惜都不解其意，棋谱上也无破解之法。众人认为，可能是刻印人误将此页装订在书的最后。棋谱尚未刻印好，韩隐士便归天了，很遗憾没看到成书。我已购得此书，请大人过目。"

乔泰将一本卷角、发黄的旧书递给狄公。

"真是一段有趣的传奇！"狄公叹道。他急切地翻开书卷，读起书的序言来。

"韩咏涵的先人是位出色的学者。"狄公赞道，"序言写得超凡脱俗。"他将书从头到尾翻了一遍，又从抽屉拿出棋谱，与书卷放在一起比较。"没错，"他认真比较一番说道，"杏花撕下的正是此版棋谱的最后一页，但究竟是何缘故？七十年前刻印的棋谱，与今日汉源之阴谋又有什么联系呢？真是咄咄怪事！"狄公摇摇头，将棋谱和书页放入抽屉，转身对洪亮说道："洪亮，你可有刘飞坡的消息？"

"所得的消息与案情并无直接关联，大人。"洪亮答道，"当然，刘飞坡女儿猝死，尸首不翼而飞，左邻右舍对此议论纷纷，且颇为疑惑。众人都说，刘员外之前便预感女儿婚姻不幸，所以才千方百计要解除婚约。我与刘府的轿夫在附近酒肆喝了几杯，轿夫对我说，刘员外治家甚严，虽为人刻板，但全家上下对他敬佩有加。他常经商在外，下人们的日子倒也自在。不过，他提到一件怪事，说刘员外会什么遁身之术！"

"遁身之术？"狄公大为不惑，问道，"轿夫所说何意？"

洪亮说道："好像有几次，明明见刘飞坡回了书房，但管家去找他的时候，书房里却空无一人。管家后来找遍刘府也找不到他的人影，别人也都没看见他出去。后来，吃晚饭的时候，管家却又在回廊或是花园碰见刘员外散步。头一回，管家到处寻他不着，他还生气，怒骂管家笨得像猪，是睁眼瞎子，还说自己一直就坐在花园的亭子里。后来，这样的事情越来越频繁，管家也就不敢再说什么了。"

狄公听罢，说道："恐怕是轿夫喝多了吧！午后我去拜访了韩梁两家。韩咏涵透露说，蒋举人之所以辞去教职，是因为有女弟子指责他德行不正。韩员外很肯定地说，举人是无辜的，并且认为汉源士绅商贾皆品行端正。正如当初我们判断的那样，刘飞坡状告蒋举人一事不足为信。还有，梁大人有一宗侄住在梁府，他的笔迹与那位身份不明的竹林逸士极为相似！我再仔细看看！"说着，狄公从袖中拿出梁奋的账簿，与洪亮给他的书函比对笔迹。看罢，他拍案怒道："不对啊，笔迹不一样啊。这般屡次碰壁，实在令人心焦！你看，字体相同，墨色相同，笔也相同，就是笔锋不同，毫无相同之处！"狄公摇了摇头，又道："可是，两人的笔迹何其相似！梁大人年迈体弱，偌大的府邸只有一对老夫妇照应，再无别的仆役伺候。梁奋住在后院，出了院门就是街巷。他若与外面的女子私会，那是再方便不过。也许，杏花午后密会的人便是梁奋！他与那杏花定是邂逅于某个店铺。他说不认识蒋秀才，死无对证嘛。洪亮，举人的名单上有无梁奋的名字？"

参军摇了摇头。

"即便梁奋与杏花有私情，大人，"乔泰辩道，"他也不可能杀人。他没在船上，蒋举人也不在船上。"

狄公双手抱臂，低头沉思良久，才开口说道：

"坦白讲，对于此案之来龙去脉，我亦无头绪。你二位先去用饭，用完饭，乔泰回蒋府替一下马荣。洪亮，告诉厨间将晚饭送至二堂。今夜，我须仔细审阅与两桩案子有关的记录，看能否找到线索。"狄公愤愤然捋了捋胡须，继续说道："就目前而言，我们的推论尚不成立。先说花船一案，杏花遭人毒手，是因为她要揭穿贼人阴谋。韩、刘、苏、王都有嫌疑。所涉案情竟与七十年前的棋谱有关！杏花的私情，也许与凶手无关。她的相好可能是蒋举人，他熟悉书函上的别号；有可能是刘飞坡，因为他的笔迹与书函极为相似；还有可能是梁奋，他的笔迹不仅与书函相似，若与杏花私会也有绝佳的机会。

"再说洞房血案。蒋举人学识渊博，但被控对儿媳不轨，致儿媳自尽，新郎随后也投江而死。未报官验尸，举人便草草入殓。木匠毛源与渔夫交谈后起了疑心——洪亮，我等须尽快找到渔夫！木匠突遭杀害，用的还是他自己的斧子！举人很肯定地说，新娘已死，可尸首却不见踪影。"

"眼下，我们只知道这些！你二位判断，接下来还会发生什么事？没有，好吧。韩咏涵说得对，汉源城很小，一直风平浪静的！好了，回去歇息吧!"

九

登露台秋公赏明月
乔装扮柳絮报线索

狄公用罢晚饭，吩咐仆役将茶送至露台。

他缓缓拾阶登上露台，惬意地在太师椅上坐定。晚风送爽，驱散了天上的乌云，皓月当空，清辉流溢，映照着无垠的湖面。

狄公品着热茶，仆役穿着毡鞋蹑手蹑脚地退下。狄公独坐在宽敞的露台上，松开长衫，舒了口气，遂靠在椅子上赏月。

狄公思前想后，两日来的事令他一筹莫展，寝食难安。各种支离破碎的影像走马灯似的在脑海中闪过。遇害的舞姬在水中怒睁着双目，木匠毛源血肉模糊的头颅，洞房窗外憔悴的面容，不时浮现在眼前。

狄公焦躁地站起身，走到汉白玉栏杆前。小城百姓的生活依旧如常，孔庙前市场的喧闹依稀可辨。他不禁想，这便是他治下的汉源，无数百姓蒙他庇佑。然而，凶狠的罪犯仍逍遥法外，而身为县令，却对此无能为力。

狄公背着手，烦躁地在露台上来回踱步。

突然，他停下脚步，思索片刻，转身下了露台。

见二堂没人，狄公打开放旧衣服的箱子，找了一领旧蓝布长衫。换上这身行头，他又罩了件补丁外衣，用麻绳系紧；又脱去纱帽，弄乱发髻，绑上一方破头巾。他在袖中揣了两吊铜钱，出门穿过院子，溜出了县衙的边门。

到了在县衙外的小巷，他抓了把土涂抹在胡须上，然后便穿街下巷到了集市。

来到集市，狄公混入熙熙攘攘的人群中，挤到一个小吃摊前，买了个满是哈喇味的油糕，勉强咬了一口，胡须和脸颊上糊满了油渍。

他在街上转悠着，想跟在此游荡的闲汉乞丐打听点线索，但大家各忙各的，都懒得理他。他又试图跟卖肉丸的小贩聊聊，可还没等他开口，小贩便往他手里塞了个铜板，急匆匆边走边喊："大肉丸子，五个铜板！"

狄公寻思，到便宜的小饭馆或许能遇到各色人物。想到此，他拐进小巷，看见一家挂着红灯笼的面馆，便掀开脏兮兮的门帘，走了进去。

他闻到一股刺鼻的油烟和烈酒味，见十来个干苦力活的人坐在木桌前，正狼吞虎咽地吃着面条。他在角落里找了一张桌子坐下。邋遢的店小二走过来招呼，狄公便点了碗面条。狄公曾研究过市井小民的生活，故能熟练说他们的俚俗土话。然而，店小二还是狐疑地看了看他。

"客人打哪儿来？没见过你呀！"店小二粗鲁地问道。

狄公有些诧异，转而一想，这汉源小城颇为封闭，陌生人总是很显眼，于是赶忙答道：

"午后才从江北来的。关你啥事！把面条端过来，我给你铜板，少啰唆！"

店小二摇摇头，遂向后面的厨间吆喝一声。

这时，面馆的门帘被猛然掀开，走进来两个汉子。一个身材高大魁梧，穿着肥裤子，上身披一件坎肩，露出粗壮的长臂，上窄下宽的脸上长满短须。另一个则显身材单薄，穿着补丁长衫，左眼上贴一块黑膏药。他用肘推了推同伴，指了指狄公。

二人快步走到狄公桌前，在他的左右两边坐下。

"你们这些狗东西，谁让你们坐这里的？"

"住嘴！你这个臭外乡佬。"高个汉子呵斥道。狄公顿觉有利刃顶在腰间。独眼汉子则逼近他，身上散发着大蒜和汗臭的味道，令人作呕。他冷笑道：

"我亲眼见你在集市偷了一枚铜板。这里岂能容你来抢饭碗？"

狄公恍然大悟，自己行事的确鲁莽。在街边行乞，而不加入丐帮，这可触犯了古来有之的规矩。

狄公感到腰间的利刃又进了一寸，只听高个男子尖叫道："有种的出去！后面有个僻静院子，咱们比试比试，看看你能不能再回到这里！"

狄公心中盘算，自己虽会些拳脚，善使刀剑，但对民间的刀术却不甚了解。再说一旦打斗起来，必然会暴露身份。他宁愿死，也不想成为百姓的笑柄。最好的办法便是激怒这两个恶徒，让他们在店里与自己动手。那些苦力也许会加入打斗，助自己一臂之力。想到这里，他将独眼男子推倒在地，又用右肘向后猛击，挡开刀口。虽觉得利刃刺入了身体，但他仍能站起身来。他一拳打中持刀人的脸，随即踢开凳子，绕桌周旋。他拾起凳子，掰下一条腿当武器，举起凳子抵挡。两个恶徒咒骂着，挥舞长刀向狄公扑来。苦力们则转过身来，但并没有动手，只是饶有兴趣地看这场免费的龙争虎斗。

高个恶徒举刀劈向狄公，狄公用凳子隔开，反手用凳子腿击打小个子的脑袋，小个子急忙躲开。就在此时，门口传来一声粗吼。

"谁在这里寻衅滋事？"

一位身材干瘦、微微驼背的老人向他们走来。两名恶徒见了，赶忙扔下长刀，垂手侍立。老人手挂拐杖，站在那里，灰白的眉毛下，一双狡黠的眼睛盯着众人。他身穿半新不旧的棕色长衫，戴一顶油腻的瓜皮帽，但神态威严。他看着高个汉子，愠怒地说道：

"你在干吗，毛禄？你知道，我不想有人在城里头打打杀杀的！"

"按规矩，外乡佬就不该留在这城里！"毛禄嘴里嘟囔道。

"那得由我做主！"老人粗声打断了他的话。"身为丐帮帮主，这事我说了算。我先得听听他说什么，然后再做决定。你还有什么说的？"

"我本想吃完饭再去拜帮的，"狄公绷着脸道，"我来这个该死的地方才几个时辰。要是连口面条都吃不安生，我还是回去算了！"

"他说的是实话，帮主！"店小二插话道，"他刚才还说才从江北过来的。"

胡须花白的帮主若有所思地打量着狄公，问道：

"你身上可有钱财？"

狄公从袖中拿出一吊铜钱。老人虽然瘦小，身手却异常敏捷，只见他一把夺走铜钱，神情自若地说道：

"入帮的费用是半贯，但一吊我也不嫌，显得你更有诚意。以后，你每晚要到红鲤客栈点卯，从你乞讨得来的钱物中拿出一成上交给我。"他扔给狄公一个小木牌，上面刻有编号和几个神秘的符号，然后说道："这是你的帮牌，收好吧！"

高个子恶徒一脸的嫌恶。

"如果你问我……"他说道。

"我不是吓唬你，"丐帮帮主喝道，"当时木匠行会把你踢出来，别忘了是谁收留的你！你想在这里干什么？听说你去三树岛了？"

毛禄叽咕着说是去看朋友了，独眼男子淫笑道：

"去看娘们儿了吧！他本是去接那女人的，但人家装病不见，他才发这臭脾气的!"

毛禄气得咬牙切齿:

"胡诌八扯,你这蠢货!"他咆哮道。说罢,两人向帮主深施一礼,匆匆离去。

狄公想跟白须老者再聊几句,但那老人无意与他再说什么。他折身往外就走,店小二恭敬地送出门去。

狄公回到座上,店小二送来一碗面条,外加一盅酒,放在狄公面前。他客气地说道:

"大哥,一场误会,别放在心上!您瞧,店掌柜送你一盅酒喝,常来啊!"

狄公一声不响,只是有滋有味地吃着面条。他心中暗想,今天的事可是个教训啊。若下次微服私访,得找个游医或算命的行头,那些人在一个地方只待几天,也不属于哪个帮派。吃完面条,狄公见伤口仍在流血,遂赶紧丢下铜板就走。

狄公来到集市的药摊,摊主替他清洗伤口时叫道:

"天啊!你命真大。这只是皮外伤。你把那家伙揍得更惨吧!"

摊主为狄公敷上膏药,收了五个铜板。狄公离开闹市,沿台阶缓缓往县衙走,两边的店铺此时已陆续上了门板。到县衙前的平坦大路时,他松了口气。确定附近没有衙役,他三步并作两步,过街溜进县衙边门的巷子。突然,他停下脚步,身子紧贴在墙上,只见有个黑衣人站在远处的边门旁。那人低着头,显然是想打开门锁。

狄公睁大双眼,想看那人要干什么。只见那人蓦地站直了身子,转身朝巷口张望。狄公看不清那人的脸,只见他头上包了块黑布。那人一见狄公，欲转身逃跑，但狄公疾步向前，抓住了他的胳膊。

"放开我！"黑衣人喊道，"不放手，我要叫人了！"

狄公吃了一惊，赶紧松开手，原来是个女人。

"别害怕，"狄公说道。"我是县衙里的。你是谁？"

女人踌躇片刻，声音颤抖着说道：

"你像个拦路的强盗！"

"我扮成乞丐，是有要事在身！"狄公有些恼怒，"快说，你在这里干什么？"

女人摘下头巾，原来是个美貌伶俐的姑娘。她说道：

"我有要事，想见县令大人。"

"为何不到大门口禀明身份？"狄公问道。

"我不想让旁人知道，"姑娘忙说，"本想能碰见个丫鬟，让她领我到县令的内宅。"她疑惑地看了狄公一眼，问道："我怎知你是这衙门里的人？"

狄公从袖中拿出钥匙，开门说道：

"我就是县令。随我来！"

姑娘一惊，赶忙走到狄公身边，低声说道：

"大人，我是韩咏涵的女儿柳絮，是家父差我前来。他遭人暗算，受了伤，求你赶紧去！他说，只有大人明白其中原委，事关重大呢！"

狄公心中大惊，急问道："是谁暗算你父亲？"

"是杀害舞姬杏花的凶手！请速速随我去家吧，大人，离这里不远！"

狄公转身进县衙，从花园墙边上采了两朵玫瑰花。回到巷子，狄公将花递给姑娘，说道："把花插在头上，在前面领路吧！"

姑娘把花插在头上，朝巷口走去，狄公落后几步，跟在她身后。万一打更人或者路人看见，还以为她不过是跟客人回家作乐的妓女。

少时，他们便到了气派的韩府门口。柳絮忙引狄公绕过府宅，来到厨间边门，从怀里摸出一把钥匙，打开门走了进去，狄公紧随其后。二人穿过花园，来到侧楼的一间书斋。柳絮推开房门，招呼狄公进去。

书斋不大，陈设却精致考究，靠后墙放了一张雕花檀木卧榻。韩咏涵仰面躺在榻上，身子靠在几个丝质大枕上。窗旁的银烛台烛光摇曳，照在他苍白憔悴的脸上。他见狄公如此打扮，惊呼一声，遂想起身逃跑。狄公急忙说道：

"切勿惊慌！本县来了！你伤在何处？"

"家父太阳穴遭人重击，大人！"柳絮说道。狄公在卧榻前的几凳上坐下，柳絮到茶几边，从铜盆里拧出毛巾。她为父亲擦干净脸，指着太阳穴给狄公看。狄公凑身一看，果然有一处明显的青紫的瘀痕。柳絮小心地为父亲敷上热毛巾。此时，她已脱去黑色斗篷。柳絮的确是个美丽优雅的姑娘，焦虑的神色表明她很爱自己的父亲。

韩咏涵瞪大双眼，惊恐地望着狄公。狄公见他与前日判若两人，全然没了那种高傲。他目光呆滞，眼袋肿胀，法令纹愈发深陷。他嗓音嘶哑地低声说道：

"大人亲来，在下不胜感激！昨晚在下遭人绑架了，大人！"
他目光惶恐地望望门窗，又低声说道："是白莲会所为！"

狄公一听，不由坐直了身子。

"白莲会！"狄公简直难以置信，便大声说道："一派胡言，荒
唐至极！此邪教几年前便已被斩草除根！"

韩咏涵摇了摇头。柳絮到茶几边沏茶。

狄公警觉地看看韩员外，回想当年白莲会是如何声势浩大，
后来又试图密谋推翻朝廷，据说领头的是几位心怀不满的高官。
他们伪称获上天恩赐，得天意，说种种异象表明朝廷气数已尽，
新朝当立。一时间，很多野心勃勃、心怀叵测的官员和盗匪、逃
兵和出狱的罪犯纷纷投奔白莲会，其势汹汹，枝蔓遍及各地。然
而，所谓多行不义必自毙。之后，他们的阴谋外泄，朝廷当机立
断，趁贼人势力尚未壮大之时，强力镇压，一举将其铲除。最后，
首犯被斩首，并株连九族，所有白莲会众亦尽被诛杀。这白莲会
虽未成事，且发生在先皇在位之时，但伤了朝廷根基。因此，即
使是在今日，朝里也无人敢提及这白莲会三个字。自然，狄公也
不信会有人胆敢再掀起逆流，与朝廷对抗。想到此处，狄公耸耸
肩，问道："到底发生了何事？"

柳絮为狄公倒了杯茶，也为父亲倒了一杯。韩员外猛喝了几
口，说道：

"晚饭后，我如常到佛寺前散步，纳凉消暑。我从不带仆从，
昨晚亦是如此。经过佛寺大门时，我见前面有一乘六人大轿，轿

107

帘低垂。突然，有人趁我没防备，用厚布从后面罩住我的头。接着，我被绑了手脚扔进了轿子，轿子便飞也似的一路狂奔。"

"厚布罩着头，我什么也听不到，几近窒息。我急得要命，双脚虽被绑住，但仍用力踢轿子。过了一会儿，有人将我头上的厚布稍微松了一下，我才得透了口气。不知过了多久，至少有一个时辰，他们停下轿子，有二人将我从轿中扯出，抬我上楼。听到门响，我被放到地上，脚上的绳索随之也被割断。他们命我进屋里，然后将我按在椅子上，拿掉了我头上的罩布。"

说罢，韩咏涵长出了口气，接着说道：

"我见那屋子不大，自己坐在一张红木方桌旁，对面坐着一位穿绿袍的男子，头肩皆被白色头罩遮住，只在眼部位置留着两个孔。我感觉昏昏沉沉的，当哆嗦着想要申辩时，那人却恼怒地一击桌案，而且……"

"他的手是什么样子的？"狄公插话问道。

"我真说不清楚啊，大人！他戴着打猎时的厚手套，无论如何我也辨认不出是何人。他穿的绿袍很宽松，看不出体型，头被罩着，声音也含糊不清。我说到哪里了？哦，那人打断了我的话，说道：'姓韩的，这次只是警告！那天晚上，有个舞姬跟你说了不该说的事，你后来也看到了她的下场。姓韩的，你很识相，你没对县令说实话。白莲会势大力强，杀死你那相好的杏花就是证明！'"

韩咏涵用指尖摸了摸太阳穴处的伤，柳絮见状，赶紧上前。但韩咏涵摇了摇头，悲切地说道：

"大人，那人的一番话着实让我摸不着头脑！天呀，杏花是我的相好？大人您也看到了，那晚杏花根本没同我说过话！我愤怒极了，斥责他说胡说八道。那人听了却大笑起来，头罩里的笑声着实可怕。他说：'姓韩的，别撒谎了！撒谎也没用！要我逐字说出杏花告了你什么吗？听着！她说：待会儿小女子有事禀报。城里有人正策划一场危险的阴谋，切切！'他这胡话简直让我目瞪口呆。他又嘲笑道：'姓韩的，你还有何话可说？白莲会无所不知！你今晚领教了吧？我们的势力很大。听我的命令，忘掉杏花的话，永远忘掉！'他朝我身后的人示意：'帮这奸夫忘掉往事。小心，下手别太重了！'这样，我头上挨了一下，便昏了过去。"韩员外长叹一口气，遂又说道：

"醒过来时，我发觉自己竟躺在家中后院。幸好，附近没人看见。我爬将起来，摸进这书斋，又唤来柳絮，让她即刻便去向大人禀告。大人，切勿让旁人知道我向您禀报啊。否则，我命危矣。要知道，那白莲会可是广布眼线，连衙门里都有！"

韩咏涵说罢，遂仰靠在枕头上，闭上了眼睛。

狄公沉思片刻，将着胡须说道：

"那屋子是何模样？"

韩员外睁开眼睛，皱着眉头，苦想了一会儿，才道：

"我只看到眼前所见之地。记得那屋子很小，是六边形的。起初，我以为是个花园凉亭，但里面相当闷。对了，屋里还有一件家具，在方桌旁有一黑漆柜子，就是戴头罩那人后面，靠墙放着。我还记得四壁上挂着褪色的绿帷幔。"

狄公又问道："你可记得他们把你往哪个方向抬的？"

"记不太清，"韩咏涵答道，"起初，头上罩着黑布，我感觉晕头转向的，也没在意是往哪个方向。但我很确信，他们抬着我一直朝东走去。我觉得是下了个陡坡，之后走的大部分都是平路。"

狄公站起身，感觉腰间的伤口疼了起来。他想马上回县衙。

"感谢你能及时禀报此事，"狄公说道，"不过，我觉得是有人忌恨你，你才会遭人暗算。你可有什么仇家？可是，开这样的玩笑，实在不妥。"

"我可没什么仇家！"韩员外气愤地嚷道。"开玩笑？说实话，那人没开玩笑啊！"

"他们在捉弄你吧，"狄公不动声色地说道："肯定是那杀了杏花的凶手干的。我想起当日审问时，有人神情慌张。待到公堂之上，我定要让他懂得何为律法。"

韩咏涵脸上掠过一丝喜色。

"大人，当时我不就这样说嘛。"他得意地说道："一听出了命案，我和众人便晓得凶手就在船工们中间！没错，大人所言极是，现在回想起来，我也深觉受人捉弄。再好好想想，这些到底是什么人干的呀！"

"我随后还有事要问你，"狄公说道，"当然得谨慎行事。一有情况，我随时会让人知会你。"

韩咏涵欣然称是，遂又对女儿笑道：

"门房此时早已睡了，女儿，你且送大人出府！大人若做贼般从后门出去，成何体统！"

说罢，他将一双肥润的手臂抱在胸前，如释重负地靠在枕上。

柳絮请狄公随自己出了书斋，外面的回廊里一片漆黑。

"我不敢点灯，"她轻声说道，"父亲的姨太太们都睡着了，怕打扰她们。我在前面带路吧！"

狄公感觉柳絮的小手抓住自己的手，一路拉着他。她的绸衣碰到他的衣衫，沙沙作响，身上散发出淡淡的幽香。狄公暗想，此情此景，令人玩味。

待二人到得一处宽大平整的院落，柳絮松开了狄公的手。月光朗朗，四周清晰可见。狄公见左边的门虚掩着，光从里面透出来，还能闻到空气中弥漫着浓浓的檀香燃香味。他停下脚步，低声问道：

"从此处过，可会被人看见？"

"哦，不会！"姑娘答道，"此处是我家佛堂，乃我曾祖父所建。他虔心向佛，曾留下家训，佛龛前须燃起长明灯，门也不能关上。此时佛堂正好没人，大人是否进去看看？"

狄公虽然甚感疲惫，但仍欣然称是。他明白，此乃天赐良机，借此机会正可了解一下那神秘的棋谱主人。

佛堂不大，方形神龛占了佛堂一半。神龛紧贴着后墙，乃用砖木砌成。神龛前矗立着一块青玉碑，约三尺见方，上面刻有题词。神龛里供奉着一尊结跏趺坐的阿弥陀佛像。屋内昏暗，狄公却隐约见佛像慈目微笑。佛堂四壁绘了阿弥陀佛的生平；佛龛前的地面上放着一个供人跪拜用的蒲团，油灯在铁架上日夜长明。

"佛堂，"柳絮无不得意地说道，"乃我先人亲自督造。大人，他是个睿智、善良的人，也是我们家族史上的奇人！他从未参加过科举，宁愿退隐在此，只一心向佛为善，百姓因此叫他韩隐士。"

狄公见柳絮如此热心，颇感欣慰。如今，难得有女子如此关心自己家史。他说道：

"本县记得，韩隐士善弈棋，不知对否？你的父亲或你本人可有此爱好？"

"没有啊，大人！"姑娘答道。"我等喜欢纸牌和骨牌。围棋费时甚多，而且只能两人对弈。大人能否看清题词？曾祖父心灵手巧，亦是篆刻高手。这是他亲手所刻！"

柳絮带狄公来到佛堂（高罗佩　绘）

狄公走近佛龛，朗声诵读起铭文：

佛曰若是深悟吾意

入我法门此言须记

指世若此佛心妙玄

普度众生万物舍得

退进舍取皆缘于此

悲欢离合脱凡至圣

心如空门万世皆净

极乐之世享安守宁

读罢，狄公低头赞叹道：

"韩隐士刻工精巧，所选佛教经文意境高远。本县虽坚守孔儒之学，亦觉佛教教义可圈可点。"

柳絮虔诚地望着玉碑，说道：

"大人，请看，如此大且完整的玉碑，得来绝非易事。故曾祖先将每个字刻在小块玉石上面，然后再拼成一个。曾祖真不一般啊，大人！他生前家财万贯，可突然病故后，金库里却分文不剩。据说，他的金银财宝都救济了穷苦之人。我家也不需要靠那些金银过活，曾祖所留田产亦价值不菲，每年的收成够我们吃穿用度。"

狄公饶有兴致地看着柳絮，觉得面前的女子颇为妩媚迷人，棱角分明，伶俐可爱。

"你敏思好学，博古通今，想必认识月仙吧？她的父亲刘飞坡员外也说她聪明好学。"

"认识，"柳絮轻声答道，"我和她相交甚厚，我们几个女子常聚一处。她父亲常年在外经商，她在家甚感孤单。大人，她可是个倔强上进的女子！她擅长骑马打猎，男子般的性格。她父亲也鼓励她好学上进，视她如掌上明珠。真不明白她如何就死了，她还如此年轻！"

"本县也在查找她的死因。"狄公答道，"若能知道她更多的情况，必定对破案有利。你说她喜爱骑射，好舞枪弄棒，可她不是在跟蒋举人学习诗文吗？"

柳絮微微一笑，说道："唉，告诉你倒也无妨，闺中姐妹无人不晓！月仙是邂逅蒋秀才后，才爱上的诗文！她对那书生一见倾心，于是向她父亲提出要去私塾学习。这样便可经常见到秀才。她跟那秀才甚是恩爱，只可惜……"

柳絮悲伤地摇了摇头。狄公顿了一顿，遂又问道：

"月仙长什么样？想必你也听说了，她的尸首不见了."

"哦，她可标致了！"柳絮叹道。"她身体丰满结实，不似我这瘦弱模样。她有几分像那可怜的杏花姑娘。"

"你还认识那个舞姬？"狄公惊奇地问道。

"不算认识，"柳絮答道，"我从未跟她说过话。父亲倒是常唤她来家里为客人跳舞助兴。她舞跳得甚妙，我总是在一旁偷看。杏花瓜子脸，柳叶眉，身材婀娜，跟月仙一样，真像是一对姐妹！不过，杏花与她有些不同，眼神有点吓人！我站在幽暗的回廊里，想必她是看不见我的。可当她旋舞经过窗户时，我却感觉她好像正盯着我，目光凌厉而却怪异。也是个可怜的姑娘，她过得那是什么日子呀！被迫向男人们展露自己的身体……还落了个可怕的下场。大人，这湖……与她的死可有关联？"

"不见得，"狄公说道，"杏花死后，苏员外一定很伤心吧？他好像很喜欢杏花。"

"苏员外对杏花只是倾慕，绝无其他，大人！"柳絮笑道。"他常来我家。依我看，他力气很大，却相当腼腆，常因些小过失感到羞惭。记得有一次，他无意中捏碎了家父的茶杯，那是一个仿古茶杯，颇为精致。他至今仍未婚配，大概是怕女人吧！王员外嘛，可就不一样了！据说他喜欢红颜陪伴。好了，我不说了，否则大人会以为我说人是非！我不该再耽搁大人了。"

"没有，没有！"狄公赶紧说道，"你说的事非常重要。与凶案有关的人和事，我也希望能多打听一些。我们还没说过刘飞坡。他与杏花的交往密切吗？"

"我觉得不密切，大人。杏花常在宴席上献舞，刘员外必定是认识她的。但刘员外为人严谨，且又沉默寡言，对轻浮浅薄的歌舞更是毫无兴致。他那避暑别院未建成之前，曾在我家小住。我见家里举办宴会时，他总是枯坐在那儿，毫无兴味。除了经商，他只爱古书文稿。据说，他京城的府宅里收藏此类书籍，可谓汗牛充栋。对了，他对自己的女儿宠爱有加！家父一提起月仙，刘员外就眉开眼笑的。这成了他们二人谈论的话题，因为家父也有个女儿。月仙的死，让刘员外身心憔悴，备受打击。家父说，他与从前简直判若两人……"

柳絮说罢，拿起灯架上的陶罐，为油灯添油。狄公出神地望着柳絮的侧影。她手指纤纤，举止优雅。柳絮显然与她的父亲非常亲密，想那韩员外必是小心隐藏他心中的邪念。听了韩咏涵的离奇经历后，狄公更加怀疑他便是谋杀杏花的凶手，还狡猾地想威胁自己。他强压懊悔和无奈，遂又向柳絮问道：

"与两起凶案相关之人甚多，我须再多了解了解。你可见过梁大人或者他的侄子？"

柳絮的脸突然红了，忙答道：

"没见过，家父曾去拜访过梁大人，但他从未回访过。当然了，他身份尊贵，我们地位悬殊。"

"据说，"狄公说道，"梁大人的侄子是个浮浪子弟，行为也不检点。"

"那是恶语中伤，"柳絮愤愤地说道。"梁奋是位行为端正的书生，通常只到佛寺的书库里读书！"

狄公颇为警觉。他看了柳絮一眼，急急问道：

"你怎么知道？"

"哦，"柳絮答道，"偶尔同母亲在佛寺花园散步时，曾在那里见过梁奋。"

狄公点点头，说道：

"好，韩姑娘。多谢指教，你方才所言对破案大有裨益。"

说罢，狄公转身出门要走，柳絮紧追几步，柔声说道：

"万望大人缉拿那些暗算家父的坏人。我相信那不是个玩笑。家父为人矜持古板，但心地善良，从不说人坏话。我很为他担心，只怕他有什么对头，自己却还不知道。这些人定会加害于他的，大人！"

"此事我定当尽力处置，姑娘大可放心。"狄公说道。

柳絮感激地看着狄公，说道：

"小女想送大人一件薄礼，以谢大人深夜到访佛堂。但切勿说与家父，此物本来只送与家里人！"

说罢，柳絮疾步走向神龛，从旁边的凹处取出一卷纸，抽出其中一张，深施一礼，遂双手呈给狄公。原来是一份抄写工整的佛龛玉碑上的题词。

狄公将纸折起，纳入袖中，正色道：

"得此厚礼，荣幸之至。"

看柳絮头上仍插着两支玫瑰，衬得她愈发美丽，狄公很是高兴。姑娘带他穿过长长的回廊，迂回曲折来到大门口。柳絮开门送狄公出去，狄公略一点头致谢，出门上了空旷寂静的街道。

查疑犯马荣遭重挫
巡县界狄公离汉源

次日清晨，天刚破晓，两名仆役来二堂洒扫，见狄公仍在熟睡，遂急忙退出，并嘱咐上茶的仆役勿扰了狄公。

过了一个时辰，狄公醒来。他坐在卧榻边上，揭开腰间膏药，见伤口愈合得很好，便硬撑着起了床。匆匆洗漱后，狄公在书案后坐定。他轻轻击掌，唤仆役侍膳，并传唤三名随从到二堂见面。

洪亮、马荣和乔泰来到二堂，在几凳上坐下。狄公边用早饭，边听洪亮细禀拜访茶商孔先生之详情。孔先生说，他和蒋举人见到蒋公子的腰带后，万分哀痛，竟忘了询问渔夫的名字，因此很难寻到其下落。

随后，马荣回禀，说蒋府夜里风平浪静。大清早，他便与乔泰离了蒋府，只留下两名衙役留守。

狄公放下筷子，品呷香茗，顺便讲述了自己在面馆如何遇险。马荣听罢，满脸失望地叫道：

"大人何不带我同行？"

"不行！"狄公说道，"我一人去都惹了那么多麻烦！不过，你可单独去见毛禄。我要你把他抓来县衙受审。我要核实一下，毛源遇害那晚，他们是否见过面；还有月仙被害一事，他是否知情。你现在去红鲤客栈找丐帮帮主，问他毛禄去向。一旦找到毛禄，马上抓来见我。另外，将这二两纹银交给老帮主，谢他昨天帮我解围。告诉他，念他对丐帮弟子管教有方，此钱是衙门对他的奖赏。"

马荣正待要走，狄公抬手叫住。

"稍等片刻！"狄公说道，"我话未说完。昨晚发生了太多的事！"

随即，狄公说了韩咏涵遭暗算一事，但没有提白莲会。白莲会之名，甚是可怕，不能等闲视之。狄公只说绑架韩员外的是个强盗头子。狄公说完，乔泰脱口说道：

"如此荒唐之事，我从未听过！想必大人也不会相信那韩咏涵的信口雌黄吧？"

狄公神色平静地说道：

"韩咏涵乃奸诈之徒，冷漠无情。那夜在花船宴上，他佯装酒醉昏睡，偷听杏花与我说话，因此知道杏花要向我告发他们的罪恶阴谋。昨日午后拜访他时，他还劝我对杏花命案要保持沉默，说敷衍过去也就罢了。见我不为所动，他便想威逼于我。昨夜他使出奸计，不想弄巧成拙！他刻意编造出的遭遇，甚是荒诞。这不单是为了骗我，而是要掩盖他对我的恫吓，让我难以定他的罪责。试想一下，如果我以此匪夷所思之事，来治韩咏涵的罪，朝廷的同僚会怎么看我？他们会说，韩咏涵若是诓骗于我，何必炮制如此荒诞之事？韩咏涵真会演戏，当着自己女儿的面讲，还给我们看他的伤。那伤显然是他自己弄的。你们看，此人真是凶险！"

"非得对他那满身肥肉用刑不可！"马荣愤愤地说道。

"可惜，我们手上没有一丝真凭实据！"狄公答道，"没有确切的证据，不能用刑。在拿到确凿的罪证之前，我们真是困难重重呀！不过，我已暗示他凶手便在那些船工当中，这样他便以为我已深信他的说法。如果他以为自己的恫吓奏效，便会放松警惕，且愈发大胆。"

一直在旁边用心听着的洪亮，此时发问道：

"大人能否确定，杏花跟你说话时，身后没有旁的人听到？或许是仆役或是其他的舞姬？"

狄公冷静地看着洪亮，缓缓说道：

"不能，有没有旁人听见，我不敢确定。起码我身后没有仆役，也不大会有舞姬经过，我看得清楚，她们都在前面。至于仆役嘛……好像有个仆役在场，众人没太在意……"

狄公若有所思地捻着胡须。

"大人，"洪亮接着说道，"那韩咏涵所讲之事可能是真的。想必身后哪个仆役偷听到杏花说的话，但错以为是对韩咏涵说的。杏花站在大人和韩咏涵之间，从后面看，那人不知道韩咏涵在打盹。仆役定然与杏花提到的阴谋有关，他将此事告诉了自己的主子，那主子便将杏花杀了。为了防止韩咏涵向大人透露此事，凶手便绑架了韩咏涵，并威胁他住口。"

"洪亮，你说得有理！"狄公点了点头，但马上又道："且慢！那仆役不大会听错。我记得很清楚，杏花当时叫我'大人'。"

"也许，那人也没有听全，"洪亮答道，"他必定听了头句便匆匆离开了，没听到杏花说弈棋的事。绑架韩员外的人可没提到此事。"

狄公听罢，并未答话。他猛地一惊，倘若韩咏涵说的是真的，那么，白莲会果真在死灰复燃！凶犯即使再胆大妄为，也万万不敢平白无故地提那个名字。如此说来，杏花揭露的果然是造反的阴谋呀！天啊，这比杀人凶案更可怕，必将影响朝野安危！想到此处，狄公尽量控制住自己的情绪，镇静地说道：

"我身后是否有人，能说得清的唯有牡丹。马荣，拿住毛禄之后，你去柳巷走一遭，好好跟牡丹叙叙旧情，算对你的犒赏！想法让她详细说说韩咏涵昏睡的样子，还有她如何去取酒等等。你见机行事，与她说话时，不妨问她当时可有人站在我身后。"

"大人尽可放心！"马荣快活地说道，"我马上就去，趁毛禄尚未离开他的巢穴！"

出门时，他差点和年迈的书吏撞个满怀，当时书吏正抱着一大捆卷宗进来。书吏把卷宗放在书案之上，洪亮和乔泰将几凳挪到案前，开始整理分类，然后与狄公一起审阅。衙门内有些事务亟待处理。狄公阅罢最后一份卷宗时，已近午时。

狄公仰靠在椅子上歇息，等着洪亮沏茶。等了片刻，他说道：

"韩咏涵遇劫之事，总是萦绕在我心头，挥之不去。即便马荣从牡丹那里打探了些消息，我们还有个办法验证韩咏涵所说是否为真。洪亮，去衙门档案馆找张汉源地图来！"

洪亮返回二堂，腋下夹着厚厚的纸卷。乔泰帮他将纸卷在书案上摊开，原来是着色的汉源地形图。狄公仔细研究了一会儿，指点着地图说道：

"看，此处便是韩咏涵遇劫的佛寺。他说，贼人抬着他一路向东，这与此处地形相符。其一，此处是城外的避暑庄园，位于山坡之上。他们走了一段路后才下坡，走到平路。若韩咏涵所说属实，此处是必经之地。如果在闹市行走，韩咏涵必定会留意那些陡峭的阶梯；如果一直朝北或向西走，一定会越走越高，进入深山。然而，韩咏涵说的是下坡。下坡之后，他们走的多是平路。如此一来，他们或许走的这条官道。这条路在汉源以东，穿过稻田，便可直达桥边的军寨。而那军寨所临之河便是汉源县与江北县的界河。假如汉源城四周筑有高墙，这一问题便会迎刃而解。我们只需询问守门的兵丁便可知晓答案。不管怎么说，这段路也不算太远。那韩咏涵在城中遇劫，后被抬到那个神秘的屋子，不过短短几个时辰。他们在小屋见面的时间也不太长，估计一个时辰的路程不会差太多。乔泰，从城中出发，沿官道乘轿子，一个时辰可到何处？"

乔泰俯身看着地图，说道：

"夜里凉爽，轿夫步子可以快一点。大人，我估计他们可到此处。"

他用手指在地图上的一个平坦村落上画了个圈。

"好极！"狄公说道，"如果韩咏涵没说谎，我们定能在此处找到一个村舍，或许建在一个稍稍隆起的坡地上，因为韩咏涵提到门前有几级台阶。"

此时，马荣推门走进二堂。他向狄公施礼，然后神情颓然地坐在茶几前，说道：

"今日诸事不顺！"

"看你的脸色就知道！"狄公答道，"出了什么事？"

"唉，"马荣说道，"我先去了鱼市，多方打听，才在纵横交错、臭气熏天的小巷找到红鲤客栈。客栈，对吧？那不过是墙上打了个鼠洞！那个老笨蛋正在墙角打盹，我把二两银子给他，按大人您的吩咐说明来意。那老东西应该高兴吧？才不，老头儿当我在戏弄他。我亮明身份后，他还用烂牙咬咬纹银，看是不是真的！最后，他收下钱，告诉我毛禄跟他那婊子在附近的窑子里。离开时，我心说，这小子跑不掉了！

"我转身又去了柳巷。瞧我蠢的，还以为去那会快活快活！唉，倒霉透了！牡丹姑娘前晚喝醉了酒，正撒着酒疯，呼爹骂娘的！不过，我倒是从她嘴里套出了些话，说大人您身后也许有人。至于是仆役还是宰相，那蠢婆娘也说不清楚。大人，我说完了！"

"还以为，"狄公说道，"你会跟你那相好的说说杏花的事。"马荣嗔怨地看了狄公一眼，神情落寞地说道：

"那个姑娘醉得比牡丹还厉害！"

"是吗？"狄公挤了挤眼，打趣道："不可能事事顺利呀！听好了，我们先去城东走一遭，看能否找到韩咏涵说的那个房子。如若不能，即便韩咏涵撒了谎，我们亦可去探个究竟。本县的粮仓就在那一带，正好可去巡查一番。我们往东走，走远些，直到县界，晚上就在那里的村子过夜，起码可以观观景，散散心！马荣，快备三匹好马，再出个告示，说本县今日不升堂审案。破案的事，无须告诉百姓！"

马荣听罢，略微高兴了些，遂与乔泰离开二堂。狄公又对洪亮说道：

"洪亮，天气炎热，路途又远，你且在衙门守候，管好档案馆。你可将涉及王、苏二位员外的卷宗收集整理好。午后，你去万一帆府。他与刘、蒋两家的案子有牵连，也与挥金如土的梁大人的生意有关。像刘飞坡这般显赫富有的人物竟然也处处维护万一帆这样的无名之辈，实在蹊跷。洪亮，特别查查他女儿的事，看是否属实！"

狄公捋捋胡须，接着又道：

"我真替梁大人担心！他的侄儿梁奋对我详谈过梁大人的境况，说他现在糊里糊涂的，希望我能阻止梁老大人把家产败光。

但是，我们需要确认的是，梁奋是否在侵吞梁家的田产，抑或他是否与杏花的死有牵连。"

"大人，午后我可否也去见见这位书生？"洪亮问道，"我也可与他一起查看账目，看看万一帆在玩什么把戏。"

"这个主意太好了！"狄公说着，遂拿起笔为参军写了封信，又取出官府的信笺，在上面写了几句话。往信上盖官印时，狄公说道：

"此信写给我的同僚，并州平阳县令。我请他将范家，尤其是杏花——范荷依的来历查一查，然后交由邮差带回。杏花姑娘非要将自己卖到汉源，这一点颇让人费解。也许，她之所以被害，其根源就在她的家乡！请速将此信交由专人送出。"

最后，狄公起身，说道：

"洪亮，请为我备好狩猎的行头和马靴。我得马上启程，去郊外呼吸呼吸新鲜空气，换换心情！"

十二

　　马荣和乔泰牵着三匹良马，已在前院等候狄公。

　　狄公见马匹、骑具备妥，遂与马荣、乔泰翻身上马。衙役打开沉重的大门，三人离了县衙。

　　出了汉源城，三人一路向东，策马而行，不久便来到山岬。放眼望去，但见山下沃野绵延，一马平川。

　　三人顺坡而下，来到一处平地。只见绿浪滚滚，稻花飘香，狄公兴致大好，欣然说道："看来年景甚佳，秋天定能丰收！"

　　众人来到一处村落，收缰勒马，在小饭馆吃了顿便饭。村里的里正闻讯赶来拜见。狄公问起庄园之事，老人摇头说道："方圆几里也没有一处砖瓦房屋。本地财主都住在山里，那里更凉快些。"

"我早说过，韩咏涵就是个骗子！"马荣嘴里嘀咕道。

"再往前数里，或有所获。"狄公说道。

三人继续策马前行。约莫一个时辰后，他们便到了另一个村落。走在破旧茅舍间，狄公见羊肠小道前方喧闹不已。原来那是个乡村集市。集市中央有一古树，下面十来个村民正挥舞着棍棒，高声叫嚷着怒骂不止。狄公从马上一看，见众人正痛打一个躺在树下的男子，男子已被打得鲜血淋漓。

"住手！"狄公喝道，但无人理睬他。狄公怒起，转身命令两个随从："快去把这些无法无天的家伙赶开！"

马荣跳下马，向人群冲去，乔泰紧随其后。马荣随手掐住一个人的脖子，抓住他的裆部，将他举过头顶抛向人群。接着，他又跳起来，左冲右打，乔泰在后面压阵。片刻工夫，二人便冲到树下，将凶徒从呻吟不止的伤者身边赶走。马荣喊道：

"住手！你们这群乡巴佬。县令大人驾到，尔等没长眼？"说着，他指了指身后。

众人回头，见一人威风凛凛地骑在马上，便立刻放下手中的棍棒。一个老人颤巍巍地上来，跪倒在狄公的马前。

他毕恭毕敬地说道："小人乃本村的里正."

"到底发生什么事，快快禀来！"狄公命道，"即便此人死有余辜，也该送交县衙审理。身为里正，在此聚众围殴，行此徇私枉法之事，该当何罪！"

"望大人恕罪！"里正说道。"我等行事鲁莽，实在也是被逼

里正声言村里有人行骗（高罗佩　绘）

无奈，忍无可忍。我等乡民，日夜劳作，勉强挣几个铜钱苟活，谁知这江湖混混还要来骗夺。有后生发现那骗子在骰子里做了手脚，灌了铅。望大人明察！"

"叫那后生过来！"狄公命道。他转身对马荣吩咐："带那受伤的人到这里来！"

"能否证明此人行骗？"狄公问道。

"大人，证物在此！"后生说着，从袖中拿出骰子。正待他起身将证物呈给狄公，被打伤的汉子也忙起身向前，飞快从后生手中夺过骰子，并在手里挥来摇去，激动地喊道：

"要是骰子里灌了铅，天打雷劈！"男子躬身施礼，复又把骰子呈给狄公。狄公让骰子在手掌里滚动了数周，仔细查勘。他上下打量一下受伤的男子，见此人五十上下，骨瘦如柴，几缕灰白的须发飘散在额前，脸瘦长，布满了深深的皱纹。前额的伤口仍在流血，让他看上去更为难看。他右边脸颊有颗铜钱大小的黑痣，上面还长了三根数寸长的黑毛。狄公对村民淡淡言道：

"骰子没灌铅，也没做手脚！"

说罢，他把骰子扔给里正。里正接过骰子，和其他村民仔细查看，并吃惊地小声议论着。狄公对众人正色劝道："尔等该吸取教训！如遇强盗劫掠或为财主所迫，尔等可随时报官，本县自会秉公处置，为尔等做主。但千万不可藐视王法，否则严惩不贷。众人各自回去，好生劳作，断不可再行赌博之事，虚度光阴，浪费钱财！"

里正赶忙磕头谢恩。

狄公吩咐马荣，让受伤的汉子坐在他身后。随后，四人继续赶路。

又到了一处村落，众人翻身下马，让伤者在井边洁面洗衣。狄公唤来里正，问他此处可有庄园，建在缓坡之上。里正说从未听说过。里正遂又问起庄园的模样和主人姓名，并说再往前走一段，或许有这样的房子。狄公说，路远也无妨。

此时，受伤男子过来，躬身致谢，欲先告辞。狄公见他脚步蹒跚、面色苍白，便不由分说道：

"听着，与我们一同去县界。你得去看大夫。我虽不羁押赌徒，但也不能让你就这样走掉。"

傍晚时分，众人来到两县交界的村落。狄公吩咐马荣带那受伤男子去找当地的大夫，自己则和乔泰骑马去巡察桥头的军寨。

军寨队正率十二名军卒列队迎接狄公。狄公见众兵卒干净利落，盔甲锃亮，遂在检查兵器时跟队正说道，"长江流经江北县境，此河虽是长江的支流，但一向商船甚多，往来繁忙。"他又说，"江这边看似平安无事，对岸的江北却发生了几起持械抢劫的案子，故驻防亦须加强。"

队正陪狄公和乔泰来到一家客栈，殷勤的店主出来迎接，马夫出来牵马。店主亲自帮狄公脱掉沉重的马靴，送来软和的草垫，并领狄公上楼，进了一间简朴却整洁的客房。店主打开窗户，狄公见残阳如血，映得浩瀚的江面火红一片。

店小二拿来了蜡烛，打了一盆热水。狄公换了衣服，擦了把脸，稍事休息。这时，马荣和乔泰走进屋子。马荣替狄公沏茶后说道：

"大人，那赌徒是个怪人！他告诉我，年轻时曾在南方一家丝绸铺当伙计。不想那老板看上了他的妻子，遂编造偷盗的罪名报了官。为此，衙役痛打了他一顿。他虽设法逃了出来，但四处躲藏时，老板将他的妻子纳为妾室。风头过后，他偷偷回去，恳求妻子跟他一起逃跑。没想到，他那妻子却嘲笑他，并说更喜欢她现在的日子。从此，他便浪迹天涯。他说起话来文绉绉的，像个举人老爷，还自称为代办。但我认为，他不过是个江湖中人，就是俗称的江湖骗子。"

"这些人都会编一套伤心往事！"狄公说道，"我们不会再见到他了！"

说话间，两个伙计敲门进来，拎着四个大食盒，一个食盒里装着三条红烧鱼，还有一个装着一大碗米饭和咸蛋。见盒里附着队正的名刺，众人知道这是队正送来的。另外两个食盒里分别盛着三只烧鸡、三盘红焖肉、三盘蔬菜和一瓦罐汤，都是里正和村里的长者准备的，意为狄公接风洗尘。店主又打发伙计送来三坛酒，略表地主之谊。

两名伙计将菜肴摆好，狄公给了赏钱，转身对两名随从说道：

"出门在外，路途奔波，大家不必拘礼！坐下来一起用饭吧。"

马荣和乔泰再三推辞，但狄公一再劝说，他们遂在对面坐下。长途跋涉后，两人胃口大开，吃得是津津有味，狄公也兴致很好。看来，韩咏涵所说纯属编造。他才是真正的凶犯，迟早要将他缉拿归案。狄公此时亦不再担心所谓的危险，说什么白莲会卷土重来，那不过是骇人的谣言罢了。

三人吃罢晚饭，品呷香茶之时，店小二拿来了一封信函，呈给狄公。信中文字古雅，且书写工整，说一个叫陶干的人想拜见县令大人。"一定是村里的长者，"狄公说道，"请他进来！"

见门口站着的竟是那瘦高的赌徒，三人惊诧不已。看过大夫之后，男子显然又去了村里的店铺。他额上敷了药，简直说焕然一新。他身穿蓝袍，腰系黑色腰带，头戴黑纱高帽，像个悠闲的乡村老爷，一副踌躇满志的样子。他向狄公深施一礼，文绉绉地说道：

"小人陶干叩见大人。千言万语也表达不了在下……"

"无须多言！"狄公淡淡言道，"不要谢我，要谢就谢老天救了你一命。切勿就此认为本县同情于你，你也许活该挨打！我知道你耍花招骗了那些村民，但却不能允许汉源县内有人藐视国法。正因如此，我才护你，不至于让人把你打死！"

"话虽如此，"汉子未理会狄公的刻薄，镇静地说道："小人愿效犬马之劳，以报大人的救命之恩。小人斗胆，猜测大人是在勘察一桩绑架案。"

狄公闻言，心中一惊。

"陶先生，你说什么？"狄公唐突地说道。

"小人这个行当，"陶干不以为然地笑道，"既需要耳听八方、察言观色，也需要敏于推演判断。适才我听大人问起庄园一事，却对庄园的模样和主人都不甚了了。"

他将脸上的长毛缓缓绕在指上，不紧不慢地说道：

"一般情况下，劫匪会蒙着肉票的双眼，把他们带到远处，然后再凶狠地威胁他给家里人写信，索要赎金。收到赎金后，他们要么杀死肉票，要么蒙住他的眼睛再把他送回家里。那被送回的人或许对方向有模糊的印象，但对房舍的样子、主人的长相均不知晓。因此，小人推断，这卑劣勾当的受害者必定向大人报了案，故而才敢向大人斗胆进言。"说罢，瘦高的汉子又深施一礼。

狄公心中折服，暗叹此人果然精明，于是说道：

"为证其真伪，我假定你的推断是正确的。你还有什么看法，请讲？"

陶干答道："这汉源境内的山山水水，小人皆已走遍。在这平原地界，根本没有你说的那种庄园。此外，我知道汉源北面和西面有几栋类似的房舍。"

"假定肉票清楚记得，被绑途中走的几乎都是平路，又做何解释？"狄公问道。陶干脸上显出一丝诡秘的笑容。

"如果是那样的话，大人，"他说道，"那栋房子就在城里。"

"荒谬至极！"狄公愤愤地说道。

"一点都不荒谬，大人！"陶干平静地说道，"这些绑匪只需要一个有院子的房屋，屋前有台阶，就可以干此勾当。他们将受害人塞进轿子里，在院子里抬上抬下，慢慢转悠约莫一个时辰。这些人精于骗术，上下台阶时，假装上山下山的样子，嘴里还念叨着'当心山沟'等诸如此类的话。那些骗子仔细研习过此种伎俩，而且装得很像，不得不信啊，大人。"

狄公一边若有所思地看着陶干，一边捻着胡须。顿了片刻，他说道：

"这个说法有意思！我且记在心上，以备后用。你走之前，请听我一句劝。朋友，换个活法吧。你精明能干，何不找个正经营生，挣份吃穿！"狄公说完，想打发陶干离开，却突然又问道："对了，你到底是怎么骗过那些村民的？我只是好奇，不会缉拿于你。"

陶干淡淡一笑，唤店小二道：

"下楼去拿大人的马靴！"

店小二取来马靴。陶干手指灵活地从靴子绲边的褶皱处取出两粒骰子呈给狄公，并说道：

"我从那乡巴佬手里夺过灌了铅的骰子，换上偷偷藏在手里的正经骰子交给大人查验。众人都专心致志地看着大人，我便趁机把假骰子放进大人的靴子里，请大人代为保管而已。"

狄公听罢，不禁哈哈大笑。

"不是夸口，"陶干一本正经地说道，"小人走南闯北，通晓三教九流的骗术诡计，无人能及。我能伪造官府的文书和印章，草拟各种模棱两可的契约和虚假的条款，可以打开门啊、窗啊以及银柜上的锁具。我还擅长挖暗道、安活动门等玩意儿。还有，我看口形便能知道人们在说什么，我还能……"

"打住！"狄公急急打断他的话，"你说的本事令人叹服。最后提到的那个绝技可是真的？"

"千真万确，大人！我还要说，女人和孩子的口形，更加容易辨别，而上了年纪的男子，胡须浓密，口形难以辨认。"

狄公没再多说。如此说来，杏花对自己说的话，韩咏涵身边之人，亦有可能读出其中的玄机。陶干抬起头，低声说道：

"我对你的随从讲过我那不幸的往事。那次痛苦的经历之后，我便不再相信任何人。三十年来，我四处游荡，骗吃骗喝，并以此为乐。但我发誓，从未伤人过重，也从未致人倾家荡产。如今，是大人的善举，让我幡然醒悟。我愿从此退出江湖，鞍前马后为大人效劳。还有，我那些雕虫小技，虽然不过是为稻粱谋，但也许对勘案和整治犯罪有用。恳请大人，让我在衙门里听差。我没有家眷的牵挂，自与前妻断绝关系后，他们便也与我断了联系。另外，我存了不少钱。因此，能为大人效劳，听大人的差遣，就是对我的犒赏。"

狄公凝神望着这个古怪的汉子，见他玩世不恭的眼神里尚存有几分纯真。此人已为狄公提供了两条重要线索，况且身怀绝技，经验丰富，这是其他随从不能相比的。只要管教得法，他定会成为一名得力的随从。想到这里，狄公开口言道：

"陶干，要知道，我眼下还不能明确答复于你，但我信你是真心实意。你先在衙里当差，十天半个月后，我再决定你的去留。"

陶干赶忙跪倒叩谢。

狄公接着又道，"他们二位是我的随从。你须尽力协助他们，他们亦会教你衙门里的事务。"

陶干向马、乔二位施礼。乔泰上下打量一下这瘦高汉子，脸上一副不置可否的表情，但马荣拍拍陶干消瘦的肩膀，高兴地说道：

"兄弟，一同下楼去！你教我几手赌博的绝活！"

乔泰吹熄蜡烛，只留一支蜡烛给狄公。向狄公道过晚安，他也随两人下楼而去。

三人走后，狄公独坐桌边，看着围着烛火嗡嗡飞舞的蚊子，陷入了沉思。

据陶干推断，韩咏涵所说遭遇也许是真的，虽然尚未找到那栋屋子。而白莲会极有可能正在各地网罗党羽，意图密谋造反。汉源虽是偏僻小城，但由于离京师近，实为军事要地。对于密谋对抗朝廷的叛匪而言，在此安营扎寨是最佳的选择。狄公想起初到汉源时，便感到城里弥漫着一股邪恶的令人压抑的气氛。现在，他明白了，花船宴上，任何人都可能依据杏花的口形，知道她说的秘密。任何人都可能是白莲会党羽，都可能是杀害杏花的凶手。韩咏涵也许是无辜的，但也可能是主犯。还有刘飞坡！他财大气粗，经常外出，对官府颇有怨言，这些似乎都可将他列为疑犯。天啊，宴会上有一伙人竟然沆瀣一气杀害了舞姬！狄公气愤地摇摇头。可怕的白莲会威胁就在眼前，这令他心绪纷乱。他必须从头到尾将所有找到的证据再好好琢磨一番。

蜡烛将尽，噼啪作响。狄公叹了口气，站起身，脱掉官袍和官帽，在卧榻上舒展四肢，沉沉睡去。

翌日黎明，狄公偕三名随从离开了县界小村。四人马不停蹄，正午前便回到了县城。

狄公直奔私邸，洗过热水澡后，换上蓝色薄布夏衫。然后，他赶去二堂，把陶干引见给洪亮。不一会儿，马荣和乔泰也前来报到。四位随从在狄公的书案前坐定，狄公见陶干举止谦恭，虽初来乍到，但并未刻意逢迎，心中暗想，此人虽怪异，但到哪里都能游刃有余。

狄公告诉洪亮，他们虽未找到所谓的庄园，但陶干的剖析让案情有了新的转机。说罢，他命洪亮说说查访的结果。

洪亮从袖中取出一份记事单，边看边说道：

"从卷宗里只查到几份有关王员外的档案，诸如子女和赋税等。然而，录事对王员外知之甚多。他说，王员外在城里开了两家大的金银铺子，可谓富甲一方。虽然此人好色贪杯，但在众人眼里，是个买卖公平的生意人，值得信任。最近，他好像由于资金短缺，拖欠了几个金货供应商的款项，但这些人知道，他不久便可止损赢利，因此一点都不担心。

"苏员外的口碑甚佳。他钦慕舞姬杏花而不得，人们都为他感到不值。苏员外最近万分沮丧。不过大家都说，杏花死了倒是件好事，苏员外便可尽快摆脱痛苦，娶个正经女人持家过日子。"

洪亮看看单子，继续说道：

"昨日，我到万一帆所住的街巷。他为人口碑很差，做买卖阴险狡诈，拼命压对方的价。他常为刘飞坡跑腿办事，有时还帮着催讨小笔欠款。我也不好再问万一帆的女儿，免得坏了人家的名声。后来，我在街拐角碰到一个卖木梳篦子、胭脂花粉的丑老太婆，便与她说了会儿话。这些妇人常去小姐的闺房买卖，对那里的事知道得不少。我问她可认识万家小姐。"

洪亮颇显不安。他看了狄公一眼，迟疑地说道：

"老妇人一听，立刻说：'想不到你一把年纪，还这么贪玩！她晚间陪你一会儿，要两吊铜钱；你若要过夜，就得付四吊铜钱，但城里有钱老少爷们都可开心啦！'我赶忙说，我是替西城一个杂货商做媒的，那边有人提到了万小姐。'城西的人哪里晓得这些！'老妇轻蔑地说道，'自从她老妈死后，万小姐过得可是无拘无束。老万头想把她卖给举人，但人家说啥也不上当。眼

142

下，她自己挣钱养活自己，她爹也只好随她去了。他爹这人吝啬得要命，只要不花钱，什么都好说！'"

"如此说来，这无耻之徒当堂撒谎！"狄公愤愤说道，"得给他点颜色瞧瞧！洪亮，梁大人府上的情形如何？"

"梁奋是个聪明好学的书生，"洪亮答道，"我与他一起核对账目两个多时辰。从账上看，梁大人确实在贱卖田产，损失惨重，为的只是尽快拿到金子。然而，他的钱到底做何用处，我们始终搞不明白。难怪梁奋如此担心。"

陶干在一旁专注地听着，此时插话道：

"人常说，账上的数字骗不了人，但不一定说明问题。数字也是可以编造的！也许，梁大人的宗侄为了掩盖他盗用钱财的行为，在账目上动了手脚！"

"我也这样想过，"狄公说道，"真让人束手无策！"

"今早回城，"陶干继续说道，"马荣对我说了刘飞坡和蒋举人两家的恩怨。对了，佛寺里除了看门的老人，就没有其他和尚吗？"

狄公疑惑地看着马荣，马荣立即答道：

"绝对没有！我搜查了佛寺里外，包括后面的园子，未见一个和尚。"

"奇怪！"陶干说道，"前阵子我在城里时，还碰巧到过佛寺。我看见有个和尚站在大门柱子后，伸长脖子朝庙里张望。我这人天性多疑，便上前跟他一起张望。那和尚吃了一惊，看了我一眼就赶紧离开了。"

"那和尚可是面色苍白，形容憔悴？"狄公急忙问道。

"不是，大人，"陶干答道，"那人体壮如牛，神情傲慢，看上去不像真和尚。"

"那就不是在洞房外偷窥的汉子，"狄公说道，"陶干，现有一件差事给你。木匠毛源拿到工钱后便离开了蒋府。他好饮嗜赌，可能因身上有钱，才遭杀害。可是，我们在他的尸首上没找到一个铜板。我怀疑蒋举人与毛源的命案有牵连，但还需更多的证据证明。你去城里的赌坊查查，问问毛源的事。找到这些地方对你来说应该不难吧？马荣，你立刻再去一趟红鲤客栈，问问丐帮帮主毛禄去了江北何地。帮主在小面馆说过那个地方，可我忘了名字。洪亮，下午升堂可有事需要处理？"

洪亮和乔泰将几份卷宗摊在案桌上，与狄公商量，马荣和陶干遂一起离了二堂。

到了中庭，陶干对马荣道：

"能去调查木匠的事，实乃荣幸。三教九流，鱼龙混杂，耳目甚多，消息往往会不胫而走。因此，我替衙门当差的事，很快就会传开。对了，那个红鲤客栈在何处？原以为对汉源城了如指掌，可这个地方我确实没去过。"

"什么事都瞒不住你！"马荣答道，"那是个污秽之地，就在鱼市后面。好的，告辞！"

陶干走过闹市，来到城西。他穿过密如织网的狭窄小巷，在一处腌菜店门口停下脚步。他小心翼翼地绕过大大小小的腌菜坛子，跟店主叽咕一声，算是打了个招呼，然后朝后面的楼梯走去。

　　楼上漆黑一片，陶干在爬满蜘蛛网的灰巴墙上摸索了半晌才找到门。他推开门，屋内灯光昏暗，顶棚低垂，定睛一看，见圆桌旁坐着两个人。桌子上有一个凹坑，是供人掷骰子赌博之用。其中一个胖汉，面无表情，头剃得光光的，双下巴。他是赌窝的老板。另一个是斜眼瘦子。斜眼虽是缺陷，但长斜眼的人巡场子却很管用，因为赌徒很难判断自己是否被监视。

　　"原来是陶老弟，"胖子冷淡地应付道，"别光站在那儿，赶紧进来吧！开局尚早，一会儿就有人来。"

　　"我不进去了。"陶干说道："我还忙着呢。我就是过来看看，木匠毛源来了没。他欠我钱，我来收账。"

　　两人一听，哈哈大笑起来。

　　"要收账的话，"赌窝老板哧哧笑道，"路很远，够你跑的，兄弟！你得跑到阎王爷那里！难道你不知道毛源已经死了？"

　　陶干大骂了一通，气呼呼地坐在摇摇晃晃的竹椅上。

　　"实在倒霉！"他怒气冲冲地说道，"眼下正缺钱花！那家伙怎么死的？"

　　"城里传得沸沸扬扬的，"斜眼说道，"在佛寺里找到了他的尸首，头上有个拳头那么大的洞！"

　　"谁干的？"陶干问道，"或许可以找到那个家伙，敲诈他，让他把钱吐出来，运气好的话，多弄几个！"

　　胖汉用胳膊肘捅捅斜眼，两人又哈哈大笑起来。

　　"什么事这么好笑？"陶干问道，佯装不满。

"朋友，好笑的是，"老板解释道，"毛禄也许跟毛源的死有牵连。陶老弟，你马上去三树岛找他，趁机敲诈他几个！"

斜眼一听，笑得前仰后合。

"掌柜的，你又把他难住了！"瘦子大笑不止。

"胡说八道！"陶干大声说道，"毛禄可是木匠的堂弟！"

胖汉朝地上吐了口痰，说道：

"听着，陶老弟，你听仔细了，才能晓得来龙去脉。三天前一个下午，毛源来过这儿。当时他才干完活计，领了工钱。见这里人多，那家伙想赌几把。他走狗屎运了，赢了不少钱，不想却碰上了他的堂兄弟。毛源近来与他那堂兄弟有些疏远，但是，酒一下肚，身上又有些钱，两人遂又热乎起来，好像久别重逢一般。他们一起喝了四坛黄汤后，毛禄请堂兄到外面吃饭。后来，就没人再见过他们两个。听好了，老弟，我并没说毛禄的坏话，我只是实话实说！"

陶干会意，点了点头。

"真倒霉！"他苦笑道，"我还是走吧。"

他刚要起身，门开了，进来一个身材魁梧的和尚，穿着件破袈裟。陶干一看，赶紧又坐了下来。

"哈！和尚来了！"赌窝老板大喊道。

和尚喘着粗气，坐在竹椅上，老板将茶杯推到他面前。和尚"呸"地往地上吐了口痰，没好气地问道：

"你除了这腌臢玩意儿，就没有啥好东西？"

胖汉举起右手，比了个"拿钱来"的手势。

和尚摇了摇头。

"这个不成!"他厌恶地说道,"我非得把那小白脸打成肉酱不可。到时候,钱就到手了!"

老板耸了耸肩,冷冷说道:

"那这茶你将就喝吧,和尚!"

"我好像见过你,"陶干插话道,"是在佛寺门前吧?"

和尚疑惑地看了陶干一眼,问老板道:

"这撮鸟是谁?"

"哎呀,这是陶干兄弟,"老板忙答道,"是个好人,就是不太机灵。你去佛寺干吗?真想去参禅打坐?"

斜眼大笑起来。和尚对他吼道:"你傻笑个啥?"见老板脸色难看,他语气和缓了下来:"唉,我这人脾气不好,谁都知道。前天,我还见毛禄那个家伙在……说到哪儿了?对对,就在鱼市附近。他袖子里还趁着几贯钱呢!我想跟他套近乎,便问他:'哪里发的财啊,兄弟?''要钱自有发财道!'他答道,'你只需去佛寺瞧瞧!'嗨,我还真去了。"

和尚猛灌一口茶,做了个鬼脸,继续说道:

"你猜我在那儿看到了啥?一个比我还穷的老家伙,还有一具棺材!"

胖汉忍不住笑了起来。和尚眼里冒火,但没敢对他发作。

"算了,算了,"老板说道,"你赶紧跟陶老弟去三树岛吧!他也想会会毛禄!"

"这么说,他也把你要了?"和尚调笑道。

陶干气呼呼地说是。

"你说的那个小白脸，我倒想好好敲他一笔。"说罢，他又淡淡言道："总比对付毛禄容易吧！"

"净想好事呢，老弟！"和尚厌恶地说道，"那小子，我是夜里碰到的，他跑得气喘吁吁，好像有小鬼在追。我一把抓住他的脖子，问他跑那么急去哪。他说：'放开我！'我见他是个富家公子，是那种娇生惯养的软蛋，便知道他干了不该干的事。我在他头上拍了一掌，遂把他扛在肩上，弄到了我的下处。"

和尚大声清了清嗓子，朝墙角啐了口痰，遂又把茶壶抓在手中，将就着喝了一口后，接着又道：

"不承想那小子一字不吐！为了逼他开口，我费了好一番工夫！眼下，我手上倒是有了弄钱的买卖，可那小子就是不开口啊！我连哄带骗都无济于事！"和尚说罢，脸上挂着狞笑。

陶干站起身，无奈地叹道：

"唉，我们这些人总是遇到这样的事，和尚！只怪我们运气不好！要是我像你一样身强力壮，今晚本可以弄到三十两银子。好了，回见！"

说罢，陶干朝门口走去。

"喂！"和尚见状大喊，"急什么呀？你说有三十两银子？"

"与你何干！"陶干抢白一句，遂伸手把门打开。

和尚跳将起来，抓住陶干的衣领，把他拽了回来。

"松手，和尚！"老板厉声呵斥。他转身对陶干道："陶老弟，何必绝情？这事若你一人不成，干吗不让和尚帮你一下，也让他弄几个外快?"

"对呀,我也想那样!"陶干不耐烦地说道,"但我初来乍到,连那帮人聚的地方叫啥都说不上来。他们只说,需要个身材魁梧、粗通拳脚的汉子,其他的事,我没多问。"

"蠢货一个!"和尚叫道,"三十两银子呢!好好想想啊,你这笨蛋!"

陶干双眉紧蹙,想了片刻,耸了耸肩又道:"想不起来了。只记得什么鲤鱼来着!"

"原来是红鲤客栈!"赌窝老板与和尚同时叫道。

"对对,就叫那个!"陶干连忙附和:"到底在哪儿,我不知道。"

和尚起身抓住陶干的胳膊。

"跟我走,老弟!"他忙说道,"我知道那个客栈!"

陶干甩开和尚的手,举起右手,手掌向上。

"事成之后,我的好处分你半成!"和尚粗声大气地说道。

陶干不再理他,自顾自地朝门口走去。

"一成半,要不别干!"陶干边走边回头说。

"你们拿七成,我拿三成!"赌窝老板插嘴道,"就这么定了。陶老弟,你带和尚去,告诉那帮人,我敢担保和尚是个行家!赶紧去吧!"

陶干与和尚一起离了赌窝。

他们向鱼市东面的穷街陋巷走去。和尚领陶干走入一条臭烘烘的小巷,指了指东倒西歪的木屋,粗声低语道:

"你先进去！"

陶干推开门，松了口气，见马荣在里面，正跟丐帮帮主坐在一起。屋里陈设简陋，只有他们两人。

"兄台，别来无恙啊！"陶干亲热地对马荣说："我找的这条汉子，你们掌柜的肯定满意！"

和尚满脸堆笑，深施一礼。

马荣站起来走到和尚身边，打量了片刻问道：

"掌柜的要这个丑恶的狗头干什么？"

"他对佛寺的凶案知道得不少！"陶干赶忙说道。

和尚急忙后退，但已来不及。未等他抬手，马荣一拳打过去，打得他人仰马翻，还压倒了身后的桌子。

但和尚并非没见过世面。说时迟那时快，他就势掏出刀子向马荣的咽喉掷去。马荣往旁边一闪，刀子啪的一下刺中了门框。他抓起桌子，就往和尚头上砸。桌子哗啦一声碎了一地，和尚也躺在地上一动不动了。

马荣解开缠在腰上的绳子，将和尚朝下翻了个面，牢牢捆住他双手。陶干兴奋地说道：

"他对毛源和毛禄的事知道得挺多。还有，他还绑架了个无辜的书生！"

马荣闻言，咧嘴一笑，赞道：

"干得好！你是怎么把这家伙弄到这里来的？我还以为你不知道这个客栈呢？"

"哦，这也不难！"陶干故作轻松道，"我给他编了个故事，他就送我来了。"

马荣侧身打量一下陶干。

"你这人看着不赖。"说罢,他若有所思地又道,"但我觉得,你心眼不少,坏起来跟他们不相上下!"

陶干没理会马荣的贫嘴薄舌,继续说道:

"他这两天绑了个富家少爷。这坏蛋也许还是绑架韩咏涵案犯的同伙!让他带我们去他的老巢,找些线索,也好向狄大人禀报。"

马荣点点头,遂拖着和尚的脚,把昏迷不醒的和尚扔在墙边的椅子上面。他大声吩咐老帮主去点几炷香来。老头一听,赶忙拿来两炷香。顿时,屋里弥漫着刺鼻的味道。

马荣把和尚的头抬着侧向一边,把燃香放在他鼻子下面。不一会儿,这个家伙便开始咳嗽、打喷嚏。只见他双眼充血,望着马荣。

"我们想看看你的老巢,丑鬼!"马荣说道,"快说!怎么走?"

"赌窝老板要是知道了,有你们好受的!"和尚沙哑着声音说道,"他会把你的心掏出来喂狗!"

"不用你担心!"马荣满不在乎地说道,"快,快说!"

马荣又将燃香贴近和尚的脸,和尚害怕地盯着香头,忙不迭地咕噜了几句,有一句是:"出了城,走佛寺后面的小道就到了。"

"就这么办!"马荣不容他继续说下去,"到了佛寺,你带路!"

马荣让那老帮主拿条破被,再叫两名伙计抬张担架来。

将和尚抬上担架,众人遂马上启程。"当心点!"马荣恶狠狠对伙计叫道:"我这老弟受了风寒!"

一行人到了佛寺后的松林,马荣让伙计放下担架,并给了他们赏钱。待两个伙计走远,马荣把和尚从被子里放出来,陶干从袖内拿出膏药,贴住了和尚的嘴巴。

"快到你那老巢时,你要停下脚步,指给我们看!"马荣对脚步踉跄的和尚吩咐道,"这帮恶人善吹口哨,还有其他暗号。"陶干对马荣说道。马荣点头会意,不时踹和尚几脚,催他快走。

和尚带两人上了一条山道。待拐进一片茂密的林地时,他停下脚步,眼望远处树丛后的悬崖点了点头。陶干见状,一把撕掉和尚嘴上的膏药,凶狠地说道:

"我们不是来游山玩水的!我们要看的是你住的房舍!"

"我哪有什么房舍!"和尚阴沉着脸说道,"我就住在那边的山洞里。"

"山洞?"马荣愤怒地叫道,"还想糊弄我们?带我们去你那黑窝,不然就要了你的狗命!"说着,他一把卡住了和尚的喉咙。

"如果我说瞎话,天打雷劈!"和尚喘着粗气道,"我哪有什么帮派,我只是跟赌徒们赌钱而已!自到了这倒霉的汉源,我便一直住在这山洞里!"

马荣松开和尚的脖颈,遂又拿出和尚的刀子,意味深长地看着陶干说道:

"要不在他身上戳几个窟窿？"

陶干耸了耸肩，说道：

"先瞧瞧洞里有什么！"

和尚双腿颤抖着在前面带路。他用脚分开地上的杂草，只见岩石上有个一人高的山洞。

陶干口里叼着刀子，爬进山洞。不一会儿，他直了直身子，出了洞口。

"洞里只有个哭哭啼啼的书生！"陶干沮丧地说道。

马荣硬拽着身后的和尚，随陶干走进洞内。

一条幽暗的地道里行不数步，马荣见里面是一个较大的山洞，洞顶有光透进来。洞的右边放了张简易木床和一只烂皮箱；另一头地上躺着个书生，双手被绳子绑着，身上只剩一块遮羞布。

"让我走吧！求你们，放开我！"书生呻吟不止。

陶干割断书生手脚上的绳索，书生艰难地爬了起来，背上青一块紫一块的。

"谁将你打成这样的？"马荣怒气冲冲地问道。

书生怯怯地指了指和尚。马荣慢悠悠转过身去，怒视着和尚，和尚赶紧跪倒在地。

"不是我啊，大人！"和尚叫道，"这小子撒谎！"

马荣轻蔑地看了看和尚，冷冷言道：

"我要把你交给衙役，他们知道怎么收拾你！"

陶干扶书生坐在床上，见书生二十来岁的年纪，头已剃光，但深一刀浅一刀的。他身上疼痛，一副龇牙咧嘴的样子。尽管如此，不难看出这书生出身富贵，颇有教养。

"你是什么人？怎会沦落到如此境地？"陶干好奇地问道。

"那个人绑了我，快救我出去！"

"我们不但要救你，"马荣说道，"还要带你到衙门去！"

"我不去衙门！"书生喊道，"让我走！"

说完，他想站起身。

"好了，老弟，"马荣慢吞吞地说道，"看来还是要去衙门走一趟。"说罢，他转身对和尚吼道："听着！你说自己不是绑匪，但也管不了那么多了，这下得委屈一下你！"

马荣从床上扶起虚弱不堪、喋喋不休的书生，顺势架在和尚的脖子上，并用破被包住书生的肩膀。接着，马荣从地上拾起血迹斑斑的柳条，使劲儿抽打和尚的脚踝，厉声喝道："赶紧上路，你这个狗头！"

十四

　　晌午时分，百姓们正待烧火做饭，忽听狄公要升堂审案，遂又将大堂挤了个水泄不通。此时升堂，非比寻常，定是那两桩耸人听闻的命案有了头绪。

　　令百姓大失所望的是，狄公开堂审理的却是渔民和鱼市因为定价闹出的纠纷。为处置纠纷，狄公与洪亮、乔泰二人商议了一个上午。狄公命当事双方各选个头目出来，以陈述各自的想法。经过商讨，双方最终达成了和解。

　　狄公正要当堂提出税收之事，忽听堂外一阵喧哗，只见马荣和陶干各自拖一名罪犯走进大堂，身后跟着一群看热闹的百姓。众人七嘴八舌地问东问西，一时间大堂上混乱不堪。

狄公三拍惊堂木。

"肃静！"他大声喝道，"若有人再敢喧哗，本县立即赶他出堂！"

大堂里顿时鸦雀无声。案前跪着的候审罪犯，长相和仪态截然不同，引得众人争相观看，不愿离开。

狄公注视着两人，不露声色，心中却是一惊。他一眼认出了那个书生。

马荣向狄公细述他与陶干两人抓捕罪犯的经过。狄公捋着胡须，专注地听着。最后，他问那书生：

"你姓甚名谁，做何营生？"

书生低声答道："回大人的话。晚生叫蒋佑璧，乃一介秀才。"

语罢，大堂上一片惊讶之声，遂又一阵窃窃低语。狄公抬起头，恼怒地一敲惊堂木，大吼道："不得喧哗！"他继续问那书生道："可本县听说，蒋秀才数日前已经溺毙！"

"大人，"书生声音颤抖道，"都怪我一时糊涂，让人误以为已经溺亡了，晚生悔恨不已。晚生深知自己行事鲁莽，且优柔寡断，以致铸成大错，理应受重责。但是，念我当时处境特殊，还望大人开恩，对我从轻发落。"

大堂上一片寂静，后生稍顿了一顿，继续说道：

"如我这般遭遇，恐怕世上少有。洞房之夜，却经历人生的大喜大悲！我刚与爱妻圆房，不料却致她气绝身亡！"

后生费力地叹了一口气，继续说道：

"当时晚生骇然，心中虽悲痛万分，但又束手无策，只能望着爱妻的尸首发呆。过了一会儿，晚生实在恐惧，不知如何面见老父。晚生是家中独子，老父对晚生一直关爱有加，而晚生不能为蒋家传宗接代，他怎会不失望？想到这些，晚生想，唯有了却此生，方可报答老父。

"晚生急匆匆披了件薄衫，就想朝门口跑。可到半途又想，家里人还在大宴宾客，人声鼎沸的，若此时出去，定会有人注意。就在这时，晚生忽然记起，那天木匠修补房顶时有意留下了两片活板。他对我说：'此处可藏值钱的物件。'于是，晚生站上几凳，爬上了横梁，钻进阁楼盖好了活板，后又爬上屋顶，悄悄溜进了后巷。

"当时夜深人静，四下无人。晚生偷偷来到湖边，站在湖边的巨石上解下腰带。晚生本想赤着身子下水，生怕身上的衣衫碍事，以致无法沉到湖底，那会死得更痛苦。然而，晚生一向胆小如鼠，望着发黑的湖水，便又想起传说中湖中游弋的可怕怪物，顿时觉得看见怪物正潜于水中，甚至感觉它们正恶狠狠地盯着我。尽管天气炎热，我站在那里却不住浑身发抖，牙齿打战，只好打消了死的念头。

"腰带已然掉进了水中，晚生只好裹紧衣衫，匆匆逃离湖边。晚生糊里糊涂地走着，不知道要去哪里，也不知道自己在哪里，不知不觉间便走到了佛寺大门口，晚生才清醒过来。就在这时，那个和尚突然从暗处窜出来，一把抓住晚生的肩膀。晚生知道自己遇到了强盗，就想奋力挣脱。可他在晚生头上敲了一下，晚生便失去了知觉。苏醒后，晚生发现自己躺在那个可怕的洞穴里。第二天清晨，那和尚便开始盘问起我的姓名和住处来，还问晚生犯了何事。晚生明白，他是想勒索晚生，或者说是想勒索我那可怜的老父亲，于是便不与他搭话。他狞笑着说，他把晚生带到洞穴里，是晚生的造化，衙役是找不到的。之后，我再三反抗，但他还是强逼着晚生剃了头发，说这样可以冒充他的弟子，不会被人识破。后来，他又命晚生拾柴做饭，说完便走了。

"晚生盘算了整整一天，是逃出洞穴还是坐以待毙。晚生本来拿定主意要离开家到外地去，可转念又想，还是想先回家去见见老父亲。到了晚上，那和尚醉醺醺地回来，又来盘问晚生。见晚生死不开口，他就绑住晚生的手脚，用柳条打晚生。后来，他丢下晚生自顾自睡去。晚生躺在地上，生不如死，整夜惶恐不安。第二天早晨，和尚解开了晚生身上的绳索，给晚生喝了口水。见晚生稍好过点，他又令晚生拾柴做饭。晚生暗下决心，一定要逃离这心狠手辣的和尚。晚生拾了两捆柴后，赶忙跑回城里。由于头已被剃光，衣衫褴褛，一路上并没人认出晚生。晚生累得腰酸背痛，筋疲力尽之时，只要一想到要见老父，便又感到力气倍增。最后，总算撑到晚生家附近的街上。"

蒋秀才顿了片刻，擦去脸上的汗水。狄公示意班头给他一盅浓茶。秀才喝完茶，继续说道：

"当看到家门口有衙役把守时，晚生吓坏了，觉得自己回来晚了，以为老父因不堪受辱而自尽！为了探听虚实，晚生把两捆柴火扔在巷子里，从花园的小门溜进家里。晚生到了洞房，从窗户朝里张望，却看见一个可怕的身影，阎罗王正怒视着晚生！晚生害死了父亲，阴曹地府的鬼族在追晚生！晚生顿时失了心智，仓皇跑到荒僻的街巷，后来又逃回树林。晚生在树林中东窜西跑，总算找到那山洞。

"和尚正在洞里等晚生。他一见晚生，勃然大怒，把晚生衣衫剥光，一边狠狠打晚生，一边大叫着要晚生认罪。晚生捱不过，最后昏死了过去。

"那一晚犹如噩梦一般。晚生浑身发烫，神志不清。和尚将晚生叫醒，给晚生水喝，然后又毒打晚生。晚生手脚一直被绳子捆绑着。身体上遭受摧残且不说，晚生还发着烧，且不断在那些可怕的念头中受煎熬，是晚生杀死了挚爱的父亲和妻子……"

秀才说着说着，声音越来越弱。只见他身体晃了晃，终于筋疲力尽地昏倒在地上。

狄公让洪亮将书生扶到二堂，并吩咐道："赶紧找大夫看看，先包扎一下伤口。喂他服下安神药，再换上干净的袍冠鞋袜。他醒来后，立即向我禀告。送他回家之前，我还有一事要问。"

狄公说罢，身子一正，厉声喝问和尚道：

"你可有什么需要辩白的？"

和尚这一辈子，坑蒙拐骗的，但总能避开官府的抓捕，自然未领教过衙门里严苛的律条和残酷的审讯手法。适才听蒋秀才控诉，他便在一旁咬牙切齿地低声咒骂，随即便遭到班头猛烈的脚踢拳打。不过，对于狄公的问话，和尚仍桀骜不驯说道：

"出家人以慈悲为怀，怎会……"

狄公向班头使个眼色。班头手里的皮鞭手柄便狠狠地落在了和尚的脸上。他怒气冲冲地喝道：

"快快回禀大人，休得无礼！"

和尚脸色铁青，气得欲起身回击，但衙役们早有防备，岂能容忍这作乱犯上的事发生。一时间，棍棒齐下，和尚瞬间便被打晕。

"先让这厮学会规矩，然后再让他回话！"狄公吩咐完班头，遂自顾自整理起案上的卷宗。

过了好久，地上水花四溅，原来是衙役们正用冷水浇醒和尚。班头见和尚醒来，赶忙向狄公回禀，说可以继续审问了。

狄公向堂下一看，只见和尚头上流着血，左眼已睁不开，只留右眼茫然地望着狄公。

"本县听说，"狄公说道，"你亲口告诉那些个赌徒，说你与一个叫毛禄的人过从甚密。你还不老老实实地交代清楚！"

和尚往地上吐了一大口血水，口齿不清地说道：

"几天前，刚过子时，我想进城一趟。刚下山，路过佛寺后面的小路时，我看到有人在树下挖坑。借着月光，我认出那人是毛禄。他正忙不迭地在那挖土，手中拿着斧子权当作锄头用。我想，毛禄这小子准没干好事。若用刀子，或可对付他，可我赤手空拳，故不敢造次。

"他在地上挖好坑，把斧子和一只木箱扔了进去，然后又用手刨土埋好。这时，我便从树后转出来，半开玩笑道：'毛禄哥，在忙乎什么？'他答道：'和尚，你这么晚还出来呀？'我说：'你在埋什么？'他道：'几件旧家伙。不过，庙里还有好东西呢！'他抖了抖衣袖，我听见里面叮当作响，定是有好多钱。我便与他说：'给穷哥们儿分点儿，如何？'他上下打量着我，说道：'和尚，该你今晚走运！那伙人见我得了财，正追我呢。不过，他们在树林里迷了路，我才有机会溜了出来。现在，庙里只有一个人看守，你赶紧过去，趁他们回来之前还能抢点什么。我只捞了这些！'说完，他就跑了。"

和尚舔了舔肿胀的嘴巴。狄公示意班头给和尚一盏浓茶，和尚一饮而尽，啐了口唾沫，接着说道：

"我先把坑刨开，看看里面到底有什么。毛禄那小子的确没撒谎，我只找到了一个木匠的工具箱。于是我又去了庙里。要是早点知道就好了！我看见小屋里有个光头老汉正睡着，空荡荡的大殿上只有一具棺材！我明白，那小子是扯谎想溜走。大人，小人只知道这些。大人若想知道详情，抓住那该死的毛禄好好审审！"

狄公捋着胡须，突然问道：

"你可承认绑架并毒打了秀才？"

"总得让衙役缉拿他吧？我还帮了他们的忙呢。"和尚气呼呼地说道，"再说，我也不可能让他白吃白住。他不肯干活，我自然要敲打敲打他。"

"强词夺理！"狄公怒吼道，"你将书生绑到洞穴，还用柳条不停毒打他。招还是不招？"

和尚侧身瞥了一眼正在抚弄皮鞭的班头，无奈地摇摇头，低声下气地说道："我招，我招！"

狄公示意书吏宣读和尚的供词。涉及蒋秀才的文字与他的招供有明显不同，但和尚只能认了，便在上面画押按了手印。狄公接着又道：

"这些罪状，任何一条都足以严惩于你。然而，本县要核实一下你与毛禄相遇一事，待真相大白，再做裁定。现在，本县要将你押入大牢。你须仔细掂量，若供词中有不实之处，后果自负！"

和尚被带下大堂，洪亮前来回禀，说蒋秀才已然苏醒。两名衙役将秀才带上堂来。此时他已换上一领干净的蓝袍，光头上戴一顶玄色弁帽，尽管面容憔悴，但不失英俊模样。

蒋秀才仔细听完书吏宣读的供词，上前画押按了手印。狄公严厉地看着秀才说道：

"蒋秀才，如你所述，你那些愚蠢之举，已对本县勘案造成严重影响。然而，本县以为，你几日来遭受的折磨和劫难，已让你悔过自新。现在，本县有一件喜讯告你，令尊仍然在世。他对你非但没有责怪，反而因为你溺亡的消息悲痛不已。他因洞房血案遭人控告，因此你家门前才会有衙役把守。你在洞房看到的并非阎罗判官，而正是本县。你当时神思恍惚，我的样子想必有些可怕吧。本县还有一事相告，新娘的尸体不知去向，令人深感痛惜。本县正竭力寻找，以便亡者早日入土为安。"

蒋秀才听罢，双手掩面，哀哀哭泣。顿了片刻后，狄公说道：

"放你回家之前，本县仍有一事要问。除令尊以外，可有人知道你有'竹林逸士'的别号？"

蒋秀才有气无力地答道：

"只有晚生妻子知道，大人！自与晚生妻子邂逅，我才有此名号，是我赠诗的落款。"

狄公复又靠坐在椅子上，说道：

"好吧！和尚已然下狱，日后定会受到惩罚。蒋秀才，你可以走了。"

狄公吩咐马荣用官轿将书生送回家，要他顺便召回把守蒋府的衙役，同时告诉蒋举人，监禁解除。

一切妥当，狄公一拍惊堂木，宣布退堂。

狄公回到二堂坐下，陶干、洪亮和乔泰在他对面落座。狄公略感疲惫，对三人说道：

"陶干，你很称职。刘、蒋两家的案子，除了尸体尚未找到外，算是告破了。"

"毛禄定然知道尸体的下落，大人！"洪亮说道，"毛禄杀了他的堂兄，显然是图财害命。我们若将毛禄缉拿归案，便可找到新娘的尸首！"

狄公显然并不同意洪亮的说法。他缓缓说道：

"毛禄为何要挪动尸体？我想，他杀了自己堂兄后，本想进

163

庙里找地方藏尸，却恰巧在偏殿看见了棺材。他手上有毛源的工具箱，打开棺材不难。可是，他为什么不把毛源的尸体直接放在女尸上面，到底是何缘故？为何要挪动女尸？处置女尸对他来说仍是个麻烦。"

一旁的陶干一边静静地听着，一边抚弄着脸上的三根长毛。他突然说道：

"我们尚不清楚的是，在毛禄开棺之前，是否已有人挪走了女尸。或许有人出于某种原因千方百计阻止我们验尸。女尸总不可能自己走掉吧！"

狄公敏锐地看了陶干一眼。他双手拢袖，背靠椅子，陷入了沉思。

狄公猛然坐直了身体，一拍桌案，大声说道：

"女尸就是自己走掉的！因为那个女人并未断气！"

几位随从惊奇地看着狄公。

"怎么可能啊，大人！"洪亮说道，"大夫都说她已经死了，而且那经常操办丧事的值事还给她擦洗了身子。还有，她躺在密闭的棺材里已半日有余！"

"且住！"狄公激动地说道，"听我说！记得仵作说过，在那种情况下，女人往往会晕厥，但很少死去。假如新娘只是昏死过去，因精神受到刺激而让她进入假死状态。历代医典皆有类似记载，假死的人停止了呼吸，脉搏全无，双目无华，甚至面部也会出现死亡的征兆。据说此种情状可持续几个时辰。"

"明白了，新娘是被草草入殓并送到佛寺的。幸好，棺木是薄板所制，为临时之用。我也见棺木上有缝隙，否则，新娘早就窒息而死了。众人到佛寺里放好棺木后就离开了。新娘苏醒后，必定大声呼救并踢打棺木，无奈看庙人又聋又哑！"

"我大胆推测一下。毛禄杀了堂兄，还偷了他的钱。他到佛寺去找地方藏尸体，碰巧听见棺材里有人叫喊！"

"那肯定把他吓得半死！"陶干说道，"恨不得马上拔腿就跑！"

"假定他没有逃跑，"狄公说道，"他取出毛源的工具打开棺材。新娘必定会述说事情缘由……"狄公的声音越说越低。他皱皱眉头，有点不耐烦地说道："不对，这样的假设不合情理。毛禄听完新娘的叙述之后，怎会没想到，如果救了新娘的命，他定会得到蒋举人的大笔赏钱？那他为何没有马上送新娘回去呢？"

"大人，依我看，"陶干接过话头说道，"新娘一定看到了毛源的尸体。这样，她就成了可以指控毛禄罪状的证人，毛禄怕她告发。"

狄公点头称是，说道：

"如此说来，那毛禄定是带新娘去了某个偏僻之所，想等棺材入土后再做处置。他有两种选择，要么将她卖入娼门，要么送她回家，但后者的条件是，必须告诉蒋举人毛禄是她的救命恩人。无论怎样，毛禄都会得些钱财！"

"毛禄掩埋木工箱时，新娘在何处？"洪亮问道，"和尚在佛寺里搜索时，为何未见过新娘？"

"只要抓住毛禄，事情便清楚了。"狄公说道，"但可以确定的是，毛禄一直将那可怜的女人藏在某个地方。哦，藏在鱼市后面的窑子里！独眼汉子口中的'毛禄的姘头'，正是秀才的新娘！"

这时，仆役端着托盘为狄公送来午饭。饭菜上桌时，狄公又说道：

"对新娘的推测，证明起来不难。你三人也去用饭吧。吃完饭，乔泰去窑子带老鸨过来问问，就可以知道那女人是不是刘月仙。"

狄公拿起筷子开始吃饭，三位随从便也离开二堂。

狄公匆匆吃着饭菜，已无心品尝。他仔细思考着这些新发现的线索。毫无疑问，刘、蒋两家的案子已经水落石出，只是某些细节尚待查实。而此案与杏花的命案有何关联，才是问题的关键。看来，蒋举人是清白的，而刘飞坡在这两起案子中都有嫌疑。

仆役收拾好碗筷，为狄公沏了杯茶。狄公又从抽屉里取出花船案的卷宗，一边缓缓捋着胡须，一边仔细阅读。

四名随从回到二堂，来见狄公。马荣说道：

"我总算看见蒋举人动真情了！见到儿子，他可真是喜出望外啊！"

"可能三位已经给你说了，"狄公对马荣说道，"我们有充分的证据证明，蒋秀才的妻子还活着。乔泰，虔婆带来了吗？"

"带来了！"马荣替乔泰答道，"见那'美人'在外面走廊里

166

待召呢!"

"带进来!"狄公命道。

乔泰带进一个高颧骨、塌鼻梁的瘦高女人。她向狄公道了个万福,悲悲切切道:

"大人,这位大爷连衣衫都不容我换一件!我如此寒碜,怎好见大人!我对他说……"

"住嘴,本县问,你再回话!"狄公命道,"本县随时可以封掉你的窑子,你必须老实交代。毛禄带到你院中的女子是谁?快从实招来!"

老鸨一听,立刻双膝跪倒在地。

"我就知道,那天杀的给我惹了麻烦!"虔婆恸哭道,"我一个妇道人家,又能怎么办啊,大人!他会要我的命啊,大人!饶了我吧!"

虔婆以头抢地,又哭又闹。"休得喧哗!"狄公生气地呵斥道,"快说,那女子到底是谁?"

"我怎么知道那小娼妇是谁!"虔婆喊道,"毛禄半夜带她到我院中。我发誓从来没见过那女子!她穿着单衣,样子怪怪的,好像吓坏了!那毛禄说:'这雏儿不知好歹,竟然不愿嫁给我!我得好好教训教训她!'我瞧那姑娘病了,就让毛禄那夜放过她。大人,我是个热心肠,对姑娘们很是和善。我给她安排了一间上房,又给她喝了些粥和茶水。大人,我至今还记得跟她说的话呢,一字不差:'好好睡一觉,乖女儿。别担心,明儿一切都会好起来的!'"虔婆长舒了口气,继续说道:

"哎呀，大人，您是不晓得这些姑娘！我还指望着，天明后她起码跟我道声谢吧。没承想，她不但没谢我，反而踢打房门、高声尖叫，把院里的人都吵醒了。我去看她，她还骂我和毛禄，说了一大堆，说什么遭人绑架，说什么出身良家，简直是胡言乱语。那些姑娘总爱编造这样的故事。要她们服帖，要她们听话，只有一个办法，那就是让她们尝尝被绑的滋味。一听要被绑起来，她就住口了。那毛禄一出现，她更是一言不发地跟他走了。我就知道这些啊，大人！"

狄公轻蔑地看看虔婆，本想以虐待民女的罪名将她关押起来，但转念一想，她如此行事，不过是见识浅薄罢了，也在情理之中。这种下等窑子虽是罪恶渊薮，也不可尽数取缔。官府只能严加查处，以免泛滥成灾，但此类野蛮行径实难根绝。狄公厉声警告老鸨道：

"你须知道，官府严令你等不许收留流浪民女。本县今日放你回去，稍后便会去核实你的供词。若发现你不老实，定当严惩不贷！"老鸨连连叩头称谢。狄公示意陶干将老鸨带出去，随后神色凝重地说道：

"若推测无误，蒋秀才的妻子还活着。不过，死了也强过落在毛禄那些人手里！我们须立即缉拿毛禄，救她出虎穴。一个叫三树岛的地方，现归江北县管辖。你们哪位知道三树岛？"

陶干道：

"大人，小人虽未曾去过，但早有耳闻！三树岛由若干个小岛组成，或者说，是长江中的一片沼泽地，杂草树丛，一年倒有半年都淹在水里，地势稍高的地方长着参天大树。聚在那里的只有些罪犯、流民，他们深谙进出沼泽的水道和沟渠。他们强行向过往船只收保护费，并时而袭击江边的村民。据说，那帮强盗约有四百之众。”

“官府为何不去荡平三树岛？”

陶干撇了撇嘴，说道：

“大人，谈何容易啊！若从水上进攻，折损太大。进入沼泽就得用小船，大船会搁浅。这样一来，小船上的兵丁便成了强盗的箭靶。据说，沿江两岸均有官府布防的军寨，官兵日夜巡防，借此封锁沼泽与陆地的联系，逼迫强盗出来投降。无奈那伙强盗在小岛聚集多年，与外面的百姓多有往来，很难找到他们的踪迹。到目前为止，尚未听说过强盗有缺衣少食的情况。”

“看来不妙啊！”狄公说道。他看看马荣和乔泰，遂又问道：“可有办法将毛禄和月仙弄出那个地方？”

“乔兄和我会想办法的，大人！”马荣信心满满地答道，“我俩就喜欢干这活！我们立即动身，先去摸摸情况。”

“好！”狄公说道，“我替你二人给江北县令写封书函，请他助一臂之力。”

狄公拿出毛笔，寥寥数笔写好信函，盖上官印，递给马荣，道：“祝二位马到成功，启程吧！”

十五

緝拿要犯洪陶結伴
審問牙儈暴卒牢間

马荣和乔泰离开后，狄公与洪亮、陶干继续商议案情。他对二人说道：

"他们两位壮士英勇，受命去江北缉拿罪犯，我们也不能闲着。适才用饭时，我一直在琢磨刘飞坡和韩咏涵，两人皆是花船案的主要嫌犯。说实话，我不想再静观动向了，想今天就缉拿刘飞坡。"

"万万不可，大人！"洪亮吃了一惊，他高声说道，"眼下证据远不足以定罪，怎可……"

"当然要将他缉拿归案，绝不姑息，"狄公打断洪亮的话，"刘飞坡曾当堂指控蒋举人为凶手，现在案情明了，他乃是诬告。

若息事宁人，将他放过，本也不会受人诟病，可说他当时悲痛欲绝，失了心智，况且蒋举人也未告他诽谤。然而，根据我朝律法之规定，诬告他人谋杀者等同于谋杀，必须严加惩处。律法虽要求官府审慎裁定，但根据案件需要，从严惩处更为妥当。"

洪亮虽仍有些担忧，但狄公却大笔一挥，写好缉拿刘飞坡的令签。他又取出一纸，边写边道：

"万一帆公堂之上做伪证，说蒋举人与其女婚姻事，按律亦须缉拿归案。洪亮，你二人带四名衙役速去刘府捕人。与此同时，令班头带两名衙役缉拿万一帆。务必用官轿将二嫌犯抬到县衙，分别押入监牢，以防二人串供。切勿对他们客气。今晚，我要分别提审二人。到时候，真相自然大白。"

洪亮仍有些迟疑，但陶干笑道：

"这就像赌博，如果你骰子摇得不错，总会掷到好点数！"

洪亮和陶干走后，狄公又从抽屉里拿出那张棋谱。他对自己的决定也无把握，但觉得必须主动出击。若想占得先机，将刘、万二犯缉拿归案是唯一之法。他在座椅上转身，从柜中拿出一副棋盘，将黑白棋子摆在棋局所示位置。他确信，棋谱乃是解开杏花所提阴谋之关键。然而，棋局虽为七十多年前所布，但如今围棋高手亦不能解。杏花不懂弈棋，想必不会就棋论棋，她是想让狄公明白棋外之意。会不会是某种字谜？狄公紧锁眉头，来回挪动棋子，想破解其中堂奥。

按狄公安排，洪亮令班头即刻缉拿万一帆，自己则跟陶干前往刘飞坡的府邸。四名衙抬着遮蔽严实的官轿，悄悄跟在两人身后。

到得刘府气派的红漆大门前，洪亮上前敲门。见门上窥孔打开，他出示衙门令签，道：

"县令大人令我等前来拜访刘员外。"

看门人打开大门，带二人到门房小厅内等候。不一会儿，一位老者出来，自称是刘飞坡的管家。

"二位有何贵干？主人正在花园小憩，望二位莫要打扰。"

"县令大人有令，刘先生必须随我等到县衙一趟，"洪亮说道："你速去唤醒他！"

"不成！"管家惊恐地叫道，"主人会责怪小人，并会将小人扫地出门！"

"你只需前面带路，"陶干冷冷言道，"我们自会叫醒你家主人。走吧，不要耽误官家差事！"

管家浑身哆嗦，灰白的山羊胡须也跟着瑟瑟抖动。他无奈只好转身带路，洪亮和陶干紧随其后。三人穿过铺着彩砖的宽敞庭院，走过四条曲折的回廊，最后来到一座矮墙围绕的花园。只见宽阔的汉白玉花台上摆着各色盆景，皆为珍奇花草，稍远是一处园林，中间有一荷花池。管家带二人绕过荷花池，来到花园后面，见一假山，乃大块岩石堆叠而成，颇为奇特。假山旁有一修竹搭成的凉亭，上面挂满藤蔓。管家指着凉亭，恼怒地说道：

"主人在里面歇息。你们自去，小人就在外面等候！"

洪亮用手拨开鲜嫩的竹叶，见凉亭里空无一人，只有一把藤椅和一张小茶几。

二人连忙返身去找管家，洪亮怒喝道：

"你竟敢诓骗官差！你家主人根本不在那儿！"

管家惊恐地看看洪亮，思忖片刻，道：

"想必他去了书斋。"

"去书斋看看！"陶干说道，"你前面带路！"

管家又领着二人穿过曲折的回廊，来到一紫檀木门前停下，门上饰有金属镂花。管家一直敲门，但屋内无人应答。他用力一推，发现门从里锁着。

"让开！"陶干焦躁地吼道，遂从袖内取出一个小包，内有几样铁制工具。他用工具拨弄了几下锁头，只听啪嗒一声，门就被打开了。书斋宽敞明亮，布置也颇为考究，厚重的座椅、案几和高大的书架皆红木所制，精雕细刻。可是，屋内空无一人。

陶干径直走向书案，见抽屉都开着，案卷和书函四散在厚厚的蓝地毯上面。

"书斋遭劫了！"管家大喊道。

"劫走了什么！"陶干抢白道，"这些抽屉乃用钥匙所开，并未发现被强行撬开的痕迹。你家主人的银柜在何处？"

管家颤抖着手指了指两个书架间的古画轴。陶干上前将画移开，只见墙上一方形铁门大开，银柜里空空如也。

"银柜亦非被强行撬开，"陶干对参军道，"赶紧搜查宅院，恐怕鸟儿已经飞了！"

洪亮唤进四名衙役。众人搜遍府宅，连女眷的房间也未放过。可刘飞坡踪迹全无，人们说晚膳后便再未见过。

陶、洪二人神情沮丧地回到县衙，行至中庭碰见班头。班头说，万一帆已被缉拿归案，非常顺利，现已关进大牢。

二人回二堂向狄公复命，狄公仍在那儿专心研究着棋局。

"万一帆已经在押，大人，"洪亮禀道，"但刘飞坡不见踪影。"

"不见踪影？"狄公心中一惊，忙问道。

"他还带走了钱财和重要的文书！"陶干说道，"没有惊动旁人，他定是从花园小门逃走的。"

狄公用拳猛击书案，后悔道：

"还是晚了一步！"说罢，他站起身，一边踱步，一边思考。过了一会儿，他停下脚步，愤恨地说道：

"都怪那不中用的蒋秀才！当初如果知道蒋举人清白无辜，怎会……"狄公恼怒地揪着胡须，突然又道："陶干，带梁大人的侄子过来，快去！升堂前，我要审问他！"

陶干匆匆走后，狄公又对洪亮说道：

"洪亮，刘飞坡的逃跑，对我们非常不利！命案固然要紧，但还有更要紧的事要办！"

洪亮正待细问，但见狄公紧绷着脸，遂又将话吞了回去。狄公背着双手，踱步走到窗前，陷入了沉思。

少顷，陶干将梁奋带回衙门。梁奋看上去比上次见狄公时更加紧张。狄公端坐案前，双手抱臂，并未招呼梁奋坐下。他仔细打量一下书生，许久才道：

"梁相公，这次我有话直说了！本县怀疑你与一桩阴谋罪案有牵连。为顾全梁大人的颜面，本县在此审你，而非大堂审你。"

梁奋一听，吓得脸色发白。他意欲申辩，但狄公抬手阻止了他。

"其一，"狄公说道，"你编造的梁大人贱卖田产一事的确令人唏嘘，但这样做无非是为了掩盖你欺他年迈意图占其财产之勾当。其二，本县在被害舞姬杏花的闺房中发现的书函笔迹，与你的手书一样。从最后几封书函看，你想跟她断绝关系，想必是你看中了韩咏涵的女儿柳絮的缘故。"

"大人是如何知晓的？"梁奋不由自主地说道，"我们才……"话未说完，狄公打断了他，继续说道：

"你不可能杀害杏花，因为当日你并未在花船上。但你的确与她有来往，还常在你房中私会。你偷偷放杏花从花园后门进屋，并非难事。听着，本县尚未说完！对你寻花问柳一事，是你的私事，本县本无兴趣，但你与杏花姑娘之事必须和盘托出。已有一个书生因为愚蠢妨碍了我的审案，本县不想让另一个再干蠢事！赶紧从实招来！"

"大人，在下发誓，在下与杏花毫无牵连！"梁奋绝望地搓着双手，哀号恸哭，"我既不认识杏花，也从未霸占主人的钱财！我承认看上了柳絮，而且她似乎也对我有意。我虽未跟她说过话，但经常在佛寺花园里见到她。我内心之想法已然被大人窥破，我无话可说，但其他的却是没影子的事！"

狄公递给梁奋一封杏花的书函，问道：

"这可是你写的？"

梁奋仔细辨认后，还给狄公，平静地说道：

"的确与我的笔迹相似，甚至用笔也神似。但是，信不是我写的。仿造我笔迹之人，手上必定有我的不少手迹。我只知道这些！"

狄公狠狠地盯着梁奋，突然说道：

"万一帆已被下狱。我现在就要提审他。你须到大堂听审，下去吧！"

梁奋走后，洪亮说道：

"大人，我认为梁相公说的是实情。"

狄公并未作答，只是示意洪亮帮他整理袍服。

锣敲三声，宣布晚上升堂。狄公出了二堂，后面跟着洪亮和陶干。大堂之上，狄公在书案后坐定，见只有十来个旁听的百姓。此时的汉源百姓显然已不指望能听到什么惊天的案子。狄公见韩咏涵、梁奋两人站在百姓前面，苏员外站在他们身后。

狄公召集衙役、书吏点卯，当场写下文书交给班头，吩咐他去牢中提万一帆上堂。

万一帆虽已在押，但看上去丝毫不慌张。他满不在乎地看了看狄公，这才跪下答话。狄公先问他的姓名、行当，然后猛地说道：

"本县已掌握证据，证明你前次在大堂之上公然撒谎。你自己想将女儿卖与蒋举人为妾。个中原委，你是自己道来，还是本县替你说？"

万一帆恭敬地答道："小人知罪，上次诓骗了大人。刘飞坡乃小人好友，又是小人主顾。在与蒋举人的案子中，小人也是助人心切，才一时糊涂，跟大人说了谎。小人愿意按律受罚，恳请大人定下罚银，以使我早日出狱。刘员外定会足额替我交付罚银。"

"你的第二项罪证，仔细听好。"狄公说道，"本县有证据证明，认定你趁梁大人年老体衰、神志不清之机，哄骗他贱卖田产，以从中渔利。"

万一帆似乎对此项指控也不甚在意。他不惊不慌地说道：

"说我贪图钱财、坑害梁大人，小人实在冤枉。刘飞坡将我引荐给了梁大人，让我做中人，劝梁大人出售部分田产。刘飞坡认为，田产行情近期会大跌。恳请大人明察，让刘飞坡证明小人所言为实。"

"对此，本县无能为力，"狄公直截了当地说道，"刘飞坡已经携钱财文书逃跑。"

万一帆听罢，从地上跳将起来。只见他面如死灰，大叫道：

"他去了哪里？可是去了京城？"

班头见状，欲将万一帆摁倒跪下，但狄公摇摇头道：

"刘飞坡已然失踪，刘府上下，没人知道他的去向。"

万一帆立刻乱了分寸，豆大的汗珠从额上滚下。他喃喃自语道："刘飞坡跑了……"他抬头看看狄公，缓缓说道："既然如此，小人还有些事不太明白，须细细斟酌。"踌躇片刻，他又说道："求大人容小人三思。"

"本县准许，"狄公见万一帆绝望中恳求的眼神，当下点头依允。

万一帆被押回监牢，狄公一拍惊堂木，正欲宣布退堂，只见苏员外带两位同行走上前来，一位是碾玉匠人，另一位是玉器商人。玉器商人将一块玉卖给碾玉匠人，匠人剖开玉石后，发现内有瑕疵，因此拒付货款。但是，匠人既已剖开玉石，便无法退还商人玉石。苏员外力劝二人各退一步，但双方均不接受。

狄公耐心听完双方当事人冗长的陈述，扫视一眼大堂，发觉韩咏涵业已离开。苏员外复又将他的主张说了一遍，狄公对几位说道：

"本案中，你二人均有过失。玉器商人本为行家，买玉石时理应辨明是否有瑕疵；而碾玉匠人亦为经验丰富的行家，剖开玉石前也应判断是否有瑕疵。商人花了十两银子购得玉石，又以十五两的价格卖给玉匠。本县裁定，商人须付给玉匠银子十两，切开的玉石二人平分。二人因判断失当，各罚银子五两。"

狄公一拍桌案，宣布退堂。

狄公回到二堂，心下颇为满意。他对洪亮和陶干说道：

"万一帆显然有话要说，但公堂之上，他又未敢明言。私下提审犯人虽与法度不合，但为破案，破例行事也算情有可原。我想在二堂提审他。适才他听到刘飞坡逃跑，似有话要讲……"

就在这时，二堂门猛地被推开了，班头慌慌张张跑了进来，后面跟着狱卒。班头上气不接下气地说：

"大人，万一帆自杀了！"

狄公一拍书案，对狱卒吼道：

"你这狗头，为何没搜他的身？"

狱卒慌忙跪下说道：

"大人，我打赌，我将犯人锁进大牢时，他身上本无糕饼。定是有人将有毒的糕饼偷偷送进了他的牢房。"

"如此说来，你承认放入外人！"狄公气得大叫。

"可没外人来监牢啊，大人！"狱卒哭喊道。"我也不知是怎么回事啊！"

狄公起身出门，身后跟着洪亮和陶干。狱卒手提灯笼在前带路，众人穿过庭院，经档案馆后的回廊，来到监牢。

万一帆躺在地上，身旁便是用来睡觉的木板长凳。借着灯笼的光亮，只见他面容扭曲，嘴边满是白沫、鲜血。狱卒指了指万一帆的手，见地上有一块圆形糕饼，糕饼缺了一块，显然被万一帆咬了一口。狄公俯身细查，发现糕饼是糖豆沙馅的，城中饼铺寻常都能买到。但糕饼上印的并非是饼铺的字号，而是一朵莲花。

狄公将糕饼用手帕包好，纳入袖中，遂转身出了牢门，一言不发地往二堂走。

狄公绷着脸在书案后坐定，洪亮和陶干焦虑地望着他。狄公明白，莲花图案不是给万一帆看的，因监牢里昏暗一片，糕饼送来也无法看清。这莲花图案分明是让他这个县令看的。这是白莲会的警告。狄公顿感疲惫，他气恼地说道：

"杀死万一帆，是为了灭口。毒饼是白莲会的信徒所送。衙门里出了奸细！"

十六

　　档案馆内，马荣与乔泰仔细研究州府地图，为上岛先提前做些准备。

　　二人选了两匹好马，一路骑往城东。进入平原地区后，两人又沿官道骑行了约莫半个时辰。马荣勒住马，对乔泰说道：

　　"向右穿稻田而行，很快便可到两县交界的大河，然后顺流而下再走五十里，就可到桥头守卫的军寨。这样走，不会错吧？"

　　"大致不错。"乔泰附和道。

　　沿着狭窄的田间小道，两人缓慢骑行。天气闷热，见有一处农舍，他们心里十分欢喜。农夫给两人汲了一桶井水，让两人好好畅饮一番，又收了他们几个铜板，答应照顾马匹，随即牵马离去。农夫走后，二人马上披散开头发，用破布一扎，脱下马靴，换上草鞋。乔泰挽起衣袖，大笑道：

"老弟，你瞧！真像我们当年落草时的模样！"

马荣拍拍乔泰的肩膀。两人从竹篱笆上扯出了一根粗竹竿，然后沿小路往河边走去。

河边，一个渔翁正在晒鱼，收了两个铜钱渡他们过河。马荣下船付钱时问道：

"此处可有兵丁巡查？"

白胡子渔翁惊恐地看了两人一眼，摇了摇头，遂疾步奔回小船。

二人在高过人头的芦苇荡里穿行，许久才踏上一条蜿蜒曲折的乡间小路。乔泰说道：

"照地图上看，这条道应该通往村庄。"

二人肩扛竹竿，继续赶路，边走边唱些粗俗的小调。约莫走了半个时辰，他们看见一座村庄。

马荣走在前面，见村里有家酒肆，遂一屁股坐在木凳上，嚷着上酒。乔泰跟了进来，在马荣的对面坐下，说道：

"兄弟，我刚才在四周转了转，平安无事！"

对面桌子上坐着四个老农，他们胆怯地望着新来的酒客。一人举起手，弯起食指和小指头，暗示有强盗上门了。其他几位老农识相地点点头。

店主匆忙跑着端来两壶酒。乔泰一把抓住他的衣袖，粗声说道：

马荣、乔泰与江北衙役周旋（高罗佩 绘）

"你这狗头，两壶酒太少，爷怎么够喝！赶紧换酒坛来！"

店主拖着步子走了出去，不一会儿与他儿子抬着一只三尺高的酒坛子回来，手里还拿着两把长柄竹勺。

"好极了！"马荣嚷道，"我不耐烦用酒盅酒壶！"他们将竹勺伸进坛中，大口大口地喝了一气。一路上奔波不停，两人是又饥又渴。店主端来一盘腌菜，乔泰抓了一把放在嘴里，尝出里面拌有大蒜和姜，味道很好。他咂咂嘴巴，满意地说道：

"老弟，比城里的菜香。城里的菜中看不中吃！"

马荣嘴里塞得满满地，只顾点头。坛中的酒喝到一半时，他们又各吃了一碗面条，然后喝了几口乡间土茶。茶虽苦，但滋味清香。二人起身摸摸腰间的钱袋，但店主赶忙婉拒，连声说能来赏光，是小店的荣幸。马荣不依不饶，硬塞给店主酒饭钱，还额外给了不少铜板。

两人走出酒肆，躺在一棵大杉树下，很快鼾声四起。

过了半晌，马荣感觉腿上被人踢了一脚，遂猛然惊醒。他坐起来一看，遂用肘推了推乔泰。只见周围站着五人，手中各持棍棒，还有不少看热闹的村夫围在旁边，马荣和乔泰赶紧爬将起来。

"我们是江北县的衙役！"一个矮胖家伙叫道，"你等是什么人？打哪里来？"

"你没长眼呀？"马荣傲慢地反问道，"我是本州的都督，尔等居然不认识？我来此地是微服私访！"

众人一阵哄笑，班头模样的人更是举起棍子吓唬二人。马荣不由分说抓住他的衣领，举起来一顿摇晃，直摇得他牙咔咔作响。

其他几个衙役见状，想要救那班头，但乔泰早把竹竿插到一人高马大的衙役双腿之间，将他掀翻在地。乔泰挥动竹竿，擦着众衙役的头皮呼啸而过，众衙役只得仓皇逃走。众人在后面一顿嘲笑，乔泰在后面也是边追边骂。

班头也不是怯弱汉子。他奋力想挣开马荣，连踢带打。马荣将他摔倒在地，顺势操起了竹竿。班头举起木棒朝马荣的头打来，马荣用竹竿来回抵挡。他瞅准机会，一下子击中班头的手臂，让他手中的木棒顺势脱手。班头正要上前与马荣对打，不想马荣的竹竿差点打在他头上，让他不得近身。班头见打不过马荣，只好仓皇逃走。

乔泰追了许久才回来。他气喘吁吁地说道：

"让这帮笨蛋跑了！"

"打得好！着实教训了他们一顿！"一名老农高兴地赞道。

店主一直在远处看着这场恶斗。这时，他急匆匆走到乔泰面前，小声道："您二位赶紧走吧！县令在此处布了不少官兵，想必很快就会有人来捉拿你们！"

乔泰挠了挠头，苦笑道："我真不知道啊！"

"无须担心！"店主低声说道，"我让小儿带你们穿过稻田到江边去，那儿有船。用不了一两个时辰，你们就能到了三树岛。那里的人会接应你们，就说是老邵送你们来的。"

乔泰和马荣匆匆谢过店主，遂紧跟着店主的儿子，悄悄穿过稻田，去往河边。走了一阵，那小店主停下脚步，指着前面一片树林，说道：

"那边河湾里藏着一条船，你们能找到的。不用担心，顺水漂流，就能过河，只要小心旋涡就成！"

马荣和乔泰很快找到藏在灌木丛中的小船，上了船。马荣从低垂的柳枝下撑出船来。不一会儿，两人便看见了那条大河。

马荣放下竹篙，抄起船桨。两人在浑浊的河水中顺流而下，离岸越来越远。

"河这么宽，这条船太小了吧?"乔泰手抓船舷，不安地问道。

"别担心，老弟！"马荣笑道，"别忘了，兄弟是淮南人，从小在船上长大的！"

马荣使劲划动船桨，避开旋涡。船到河心，只见远处岸边的芦苇如线般渺渺茫茫。过了片刻，芦苇便完全消失在视野中，只有浩瀚昏黄的河水在四周流动。

"一直看着河水，我感到昏昏沉沉的！"乔泰觉得心烦，遂仰面倒在船上。一个多时辰，二人无话。乔泰已然昏睡，马荣只能集中精力划桨。突然，马荣叫道：

"看啊，前面有片绿地！"

乔泰连忙坐起身，只见前面有几块陆地，高出水面不过一尺，上面野草丛生。半个时辰后，他们才发觉那是几个灌木丛生的小岛。此时，天色已近黄昏，水鸟在空中盘旋，发出凄厉的叫声。乔泰仔细听了一阵，突然说道：

"这可不是寻常的鸟鸣声！这是兵丁巡逻时的暗号！"

马荣心中暗暗叫苦，船怎么就在这曲曲折折的河湾处遇到了麻烦。突然间，船桨脱了手，小船剧烈晃动起来。只见船尾出现一人，水淋淋地从水里冒出来，旁边还跟着两人。

"坐着别动，否则把船掀翻！"一个声音吼叫着，"你们是什么人？"

问话之人双手撑着船舷，浑身是泥，像河妖一样。

"河那边村子里的邵叔让我们来这里的。"马荣说道，"我们惹了衙役，碰到了麻烦。"

"有话跟我们的头目去说吧！"那人说着，把船桨还给马荣，又道："一直朝前划，有亮光的地方就是！"

船埠简易，六名手持兵器的汉子早已等候在那里，领头之人手中提着灯笼。借着灯光，乔泰见众人身着戎装，但无任何标记。六名兵士带二人走入一片密林。

不久，他们见树丛中有微光闪烁，遂来到了一片空地。那里有百十来个人聚集在篝火旁，几口铁锅里煮着稀饭。他们人人身穿盔甲，手执兵器，好不威风。乔泰和马荣被带到空地一棵老橡树下，那里有四个人，正坐在凳子上。

"启禀头目，他们便是哨头提到的那两个人！"带头的兵丁恭敬地说道。

被称作头目的人膀大腰圆，身穿盔甲，下着玄色皮灯笼裤，头扎红巾。他用小眼睛冷冷打量一下马、乔二人，厉声问道：

"你两个，快说！叫什么名字？从何而来？为何而来？快快交代！"

头目说话很快，短促而有力，像个校尉。乔泰暗想，此人恐怕是临阵脱逃的将官。

"回禀头目，我叫荣宝，"马荣讨好地笑道，"小人同这位兄弟都是绿林好汉。"他接着讲起了如何与衙役厮打，店主如何将他们送到三树岛等等。说罢，他恳请头目收留，说他哥俩愿效犬马之劳。

"你方才所言，我自会查证，"头目转身吩咐兵丁道，"将二人带到营地关押！"

马荣和乔泰各盛了一碗稀饭，兵丁便带他们穿过林地来到一处小的空地。只见此处有一木屋，屋前点着火把，一个男子正蹲在那儿吃饭。营地边上，有个身着蓝色衣裤的农家姑娘跪在树下，正张罗着喝粥。

"你们待在这儿，不得离开！"兵丁警告过二人，遂离开了空地。马荣和乔泰盘腿坐在男子面前，见那人恼怒地看了他们一眼。

"我叫荣宝，"马荣和气地对那人说道，"你叫什么？"

"毛禄，"那人不悦地答道。他把木头空碗扔给姑娘，大声吼道："洗刷干净！"

姑娘默默将碗拾起，等马荣和乔泰吃完，也将他们的碗拿走。马荣欣喜地看着姑娘，但见她神情忧郁，虽行走不便，但仍不失俊美。毛禄见马荣盯着那姑娘，遂恼怒地皱起双眉，粗鲁地喊道：

"别打她主意！她是我的婆娘！"

"小妞长得不赖！"马荣满不在乎地说道，"喂，他们为何把我们单独弄到这里？别人还当我们是罪犯呢！"

毛禄往地上啐了一口，匆匆看了看四周晃动的人影，压低声音说道：

"兄弟，这些人不善呢！昨天我带了朋友过来，那是个好人。我们提出要入伙，那头目便问东问西，问个不停，我的朋友烦了就说了几句实话。你猜怎么着？"

马荣和乔泰摇摇头。毛禄用手在喉咙那儿划了一下，做了个灭口的手势。

"就那样完了！"毛禄苦笑道，"他们把我弄到这里，跟闹着玩一样！昨晚，有两个家伙偷摸着想把我婆娘拽走。我跟他们打了一架，兵丁才把他们抓走。不得不说，这帮人纪律还算严明。不过，除此之外，就是一帮乌合之众。我真后悔跑到这里来！"

"他们到底要干什么？"乔泰问道，"我还以为他们是仗义的好汉，会欢迎我们这样的人呢！"

"你自己去问他们吧！"毛禄冷笑道。

这时，姑娘来了，将碗放在树下。毛禄对她吼道：

"你就不能跟我说句话？"

"别来烦我！"姑娘冷冷答道，遂走进了木屋。毛禄气得面色通红，但并未打算跟着姑娘，只是咒骂道：

"我救了那婊子一命！我得到了什么？除了一张苦瓜脸，什么也没有！她也吃过打骂，就是不管啥用！"

"女人得用绳子牢牢绑着，才会懂事，"马荣顺势附和道。毛禄起身走到一棵大树下，用脚将树叶聚拢成一堆，和衣躺下。马荣和乔泰则躺在营地另一边的干树叶上面。不一会儿，两人也沉沉进入了梦乡。

半梦半醒间，乔泰觉得有人在耳边吹气，原来是马荣在他耳边低语：

"兄弟，我方才四下巡查了一遍。河湾里停着两艘大船，准备明早启程。现在无人看守。我们不妨将毛禄打晕，把他和那姑娘藏在大船上。但你我二人之力，恐难将大船从河湾驶到河里去。再说，我们对水路也不熟悉。"

"我们藏在船舱！"马荣耳语道，"明天早晨，等这帮笨蛋把船开进河里后，我们再出来偷袭他们。一般说来，天亮前他们不会开船，我们这段时间先好好睡一觉。"

"妙极！"马荣高兴地说道，"不是他们赢，就是我们输。我就喜欢直来直去。"

少顷，二人便又鼾声大作。

尚有一个时辰才天亮，马荣已起身将毛禄摇醒。毛禄刚一坐起，马荣便一记重拳打在他太阳穴上，瞬间将他打晕。接着，他又扯下毛禄腰间的绳子，捆牢他的手脚，从他的衣服上撕下一块破布塞住他的嘴巴。马荣叫醒乔泰，二人一起走进木屋。

乔泰拿出火绒盒点火，马荣叫醒姑娘。

"蒋夫人，奉汉源县令之命，我兄弟俩是来搭救你的，"马荣说道，"我们会将你送回汉源城去。"

借着昏暗的灯光，月仙狐疑地看看二人，冷冷说道：

"你们说什么都行！不过，若敢碰我，我就马上喊人！"

马荣叹了口气，拿出狄公的书函，他一直将书函藏在扎头发的破头巾里。月仙仔细读后，点点头，急切地问道：

"我们要如何逃离此地？"

听了马荣的打算后，月仙说道：

"天亮之后，兵丁会送早饭来，到时发现我们不在，他们一定会马上吹响号角。"

"昨晚上，我忙活了好一阵子，在树林那边相反方向踏出一条小道，以迷惑他们，"马荣答道，"尽管放心，小美人！"

"嘴巴放干净些！"姑娘抢白道。

"小娘们性子真烈！"马荣咧嘴对乔泰笑道。三人出了木屋，马荣将毛禄扛在肩上。马荣惯常在丛林中行走，他带着乔泰和月仙在密林里摸黑穿行，很快便到了河湾，只见两艘大船在前方依稀可见。

他们上了前面那艘船，马荣径直走到船尾的舱口，将毛禄顺船梯滑入底舱，自己也跟着跳了进去，乔泰和姑娘也跟着下到舱底，躲进一个厨间。船舱前面堆满了大木箱，箱子皆用草绳捆着。

"乔兄，"马荣说道，"爬上去，把里面那几个箱子往边上挪挪。那是个不错的藏身之处。我去去就回。"

马荣说完，抓起墙角的木工箱子，爬上了梯子。月仙四下打量厨间时，乔泰已爬到一摞箱子上面，并钻进箱子与船顶的窄空处。他边挪上面的箱子边喃喃自语：

"真是太重了，这帮人莫不是在箱子里装了石头！"

当挪出足够四个人藏身的地方，马荣回来，洋洋得意地说道：

"我在另一艘船上钻了几个洞。船舱灌水时，他们即使发现，也很难找到那些洞！"他帮乔泰将毛禄吊到箱子上面。毛禄此时已然醒了，但只能转动眼珠。"先别咽气，伙计！"乔泰说道，"在你死之前，我们大人还有话问你！"

二人将毛禄固定在两个箱子之间，让他动弹不得。马荣爬到靠外面的一摞箱子上，伸手对月仙说道：

"快点儿！我拉你上来！"

月仙却一动不动。她咬着嘴唇，想了一会儿，突然问道：

"船上有几个人？"

"六七个吧，"马荣不耐烦地说道，"快爬上来！"

"我就待在这里！"月仙说道。她皱了皱眉头，又道："我才不想爬到脏兮兮的箱子上面去！"

马荣厉声骂道：

"若不上来，我就……"

突然，甲板上传来沉重的脚步声，接着便听见有人大声吩咐着什么。月仙拔开门闩，望望外面。接着，她三脚两脚爬上了一堆箱子上面，低声说道：

"有四十来人，身穿盔甲，手拿兵器，上了后面那艘船！"

"赶紧上来！"马荣低声怒喝道。

月仙轻蔑地笑笑，遂脱去上衣，半裸着洗起了碗盘。

"这妞身段绝了！"马荣对乔泰低声说道，"天啊，这女人到底要干什么？"

粗重的缆绳扑通一声落在了甲板上，大船启动了。撑船的船夫开始唱起单调的号子。

突然，舷梯上传来嘎吱嘎吱的声响，只见一个壮汉站在舷梯中央，张口结舌地看着那半裸的女人。她朝他抛了个媚眼，满不在乎地说道：

"怎么，想帮我干活？"

"我……我来查货的。"汉子喘着粗气说道，眼睛却紧盯着女人圆润的酥胸。

"好吧，"月仙不屑地说道，"若要跟这些肮脏的箱子为伍，请自便！我一个人也能干完！"

"可别累坏了身子！"那汉子说着，便凑到了女人身边。"你真是个大美人啊！"汉子咧嘴笑道。

"我觉得你也不赖嘛，"月仙应道。她任那汉子摸了一阵，猛然将他一把推开道："活干完再玩儿！去给我打桶水来！"

"老刘，你在哪儿呀？"门外传来了嘶哑的叫声。

"忙着查货呢！"汉子连忙喊道，"我一会儿就上去！你去看看船帆挂好了没！"

"我得准备多少人的饭啊？"月仙问道，"船上可有兵丁？"

"没有，兵丁都在后面的船上，"老刘说着，将水桶递给了月仙。"你给我弄点好吃的就成，美人儿！我是船主，这条船归我管！舵工和四个船夫吃我剩下的就行！"

甲板上又传来了一阵兵器的碰撞声。

"你不是说船上没兵丁吗？"月仙问道。

"这些人是船埠的护卫，"老刘答道，"开船之前，他们要查看查看，看是否有盗贼。"

"我喜欢这些人！"月仙说道："让他们都下来！"

老刘立刻爬上舷梯，将头探出舱外喊道：

"伙计们，船舱我已搜查过了。这儿热得要命！"听有人咒骂几句，老刘下了舷梯，淫笑道，"总算把这些家伙打发走了！美人儿，我也当过兵，弄过枪棒，会让你快活的！"说罢，他便一把搂住月仙，解起她的裤带来。

"不要在这里！"月仙叫道，"我是正经人家的闺女。你爬到箱子顶上去看看。兴许咱俩在那里更舒坦！"

老刘急忙走到箱子前，就往上爬。上面的马荣一把抓住他的脖子，将他拖到箱子顶上。他双手死命卡着老刘的喉咙，直到他昏死过去。马荣纵身一跳，来到厨间。月仙连忙关上舱门，穿好衣衫。

"小妞，干得真不赖啊！"马荣低声赞道。听到舱门口有脚步声，他旋即又躲在舷梯下面。"老刘，你他娘的在干吗？"有人恶声问道。

马荣扭住那人的双腿一拉，那人便摔下舷梯，头沉沉地撞在地上，动弹不得。乔泰从箱子顶伸出双手，两人一起将这昏死的家伙拖了上去。

"乔兄，把他也绑起来，放在那里！"马荣低声说道，"我从底舱爬到甲板上去，我扔下来的家伙你要接住！"

说罢，马荣爬出底舱，抓住缆绳，沿舷梯悄悄上了甲板。确定四周没人，他大摇大摆地走到舵工身边，见舵工双手摇着沉重的舵柄，便说道：

"船舱内太闷，受不了！"马荣见船已经驶入河心，后面的大船也紧跟着，遂仰面躺在甲板上。

舵工见状，吓了一跳，随即呼啸一声，其他三个健壮的船夫忙跑向船尾。

"你到底是什么人？"为首的船夫质问道。

马荣头枕着手臂，懒懒地打个哈欠答道：

"我是护卫，奉命查点货物的。我刚跟老刘清点完货。"

"这种事船主从来不跟我们说！"船夫生气地嘟囔道，"只顾他自己！我下去问问他挂几张帆。"船夫边说边朝舱门走去，马荣爬起来，与另外两名船夫跟在他身后。

船夫刚要向舱内张望，马荣突然一脚将他踢下舷梯。接着，马荣闪电般转身，给身后跟着的船夫下巴上来了一拳，打得他踉跄着靠在船边。那人尚未回过神来，马荣又在他胸口击了一掌，把他打得掉进了河里。剩下的那个船夫手持大刀向马荣扑来，马荣往边上一躲，刀遂从他的背上滑过。趁这空档，马荣一头撞向船夫的肚子。船夫伏在马荣背上，疼得气喘不止。马荣站直身子，将船夫抛过船舷，扔进了河里。

"正好喂鱼！"马荣对舵工喊道，"好好掌舵，否则你跟他们的下场一样！"他看了看后面跟着的大船，已然落下很远了，且船开始向右倾斜，甲板上一群人正四处乱窜。"他们淹死了，全尸都难保！"马荣幸灾乐祸地说道，然后便去摆弄帆蓬。

乔泰从舱口探出头说道：

"你只送下来一个呀！其他几个呢？"

马荣指了指河水，就不言语了。他一心要调正船帆的方向。乔泰登上甲板，说道："蒋夫人正在给我们做午饭。"

此时，河上一阵强风，大船走得很快。乔泰望望河岸，问舵工道：

"我们何时能到屯兵的军寨？"

"还有几个时辰。"舵工闷闷不乐地答道。

"你们原先打算把船开到哪里去？"乔泰又问道。

"柳江，顺河走四个时辰。我们兄弟准备要大干一场。"

"算你走运，伙计！"乔泰嘲笑道，"你不用舞枪动刀了！"

坐在船帆下的阴凉处，众人吃了午饭。马荣对蒋夫人说起她相公的遭遇，蒋夫人听后，泪流满面，轻声抽泣道："可怜我的夫君，受苦了！"

马荣和乔泰互递了个眼色，低声说道：

"这小娘子了不起，不知道看上了那可怜虫什么？你可明白？"

但乔泰似乎没有听见他的耳语，只是盯着远处。过了片刻，他突然叫道：

"看到旗子了吗？那一定是军寨，兄弟！"

马荣跳将起来，命舵工准备靠岸。接着，他降下了船帆，半个时辰过后，船靠了岸。

马荣将狄公的书函递给军寨的队正，并说随船带了四名三树岛的盗贼。"不知道船上载着什么货，"马荣说道，"但实在太重了！"马乔二人带着四名兵丁一起去检查货物。和那队正一样，四名兵丁头盔紧绑，戴着铁护肩和护臂，手持着长剑，还带着沉重的利斧。

"你们为何一身铁甲？"马荣惊奇地问道。

队正忧心忡忡地看看马荣，说道：

"据传，下游有盗贼持械抢劫。这四人是我专门留下的。其他人已随火长去了柳江。"

说话间，兵丁们已打开一只箱子，里面装的皆是铁头盔、皮盔甲以及刀剑、弓箭等兵器。不同的是，头盔前面均有白莲花记号，箱内还有一只袋子，里面装满小白莲花，有百十来个。乔泰抓了一把纳入袖中，与队正道：

"这只船原本开往柳江，另一艘船也是，上面还有四十个持械盗贼，不过，那条船在上游就沉了。"

"太好了，"队正连声叫好，"不然，我那火长定会遭遇一场血战。他只带了三十来号人马。呃，还有什么事我能效劳的？过了河便是贵县汉源县南境，那里有个军寨。"

"请将我们渡过河去！"马荣说道。

一到汉源地界，马荣借了四匹马。管事的副尉说，绕湖走可省下两三个时辰的路程。

乔泰拿掉塞在毛禄口中的破布。毛禄刚想咒骂，但舌头红肿，只能发出嘶哑的叫声。马荣将毛禄的双脚绑在马鞍上，转身问蒋夫人："你可会骑马？"

"我会！"姑娘说道，"我身子有点痛，请将你的外衣借我！"

她将衣服折起来垫在马鞍下，翻身上马。

四人立即启程，策马奔向汉源。

十七

禀案情月仙命多舛
观棋谱秋公查谋反

　　马荣、乔泰和月仙带凶犯毛禄匆匆赶回汉源县城时，狄公正在升堂审案。

　　正值酷暑，狄公穿着织锦官服，湿热难忍。他与洪亮、陶干排查衙门里的衙役、县吏的底细，通宵达旦，直至次日正午，也没查出个头绪。众衙役和书吏量入为出，无任何失职或渎职之嫌疑。狄公又累又烦，只好对外说，万一帆乃畏罪自尽，尸体暂厝监牢，择日验尸。

　　升堂许久，日常杂务繁多，均需一一审理。虽无甚要事，但若不及时处理，恐有延宕公务之嫌。狄公命陶干去城中察访民情，只留洪亮一人在堂上协理。

直到退堂，狄公方舒了口气。洪亮在二堂帮狄公换下官服。陶干从城中回来，无不担忧地说道：

"大人，城中的情势令人不安。在茶馆里只小坐片刻，便见百姓忧心忡忡，恐有祸事发生，虽然说不清楚。有传言，说是强盗贼寇正在江北集结。还有人窃窃私语，说那伙强盗手中有兵器，正计划过河来攻打汉源。回县途中，我见许多店铺早早关门打烊，这不是好兆头啊！"

狄公捋着胡须，对二位随从缓缓说道：

"数日前刚到汉源上任时，我便察觉此地不太平。现在看来，果有隐情。"

"刚才在城中，我觉得被人盯梢，"陶干接过话头道，"想也是预料中事。我在城里有不少熟人，缉拿和尚一事，我出头露脸，传得沸沸扬扬。"

"盯你的人，你可认识？"狄公问道。

"大人，不认识。不过，那人高大魁梧，面色黑红，留着络腮胡子。"

"到了衙门口，你可曾命衙役捉拿此人？"狄公急忙问道。

"没有，大人，"陶干后悔道，"经过佛寺附近一条小巷时，又有一个汉子过来盯我。他们围上来要抓我时，我正走到一家油坊门口，旁边便是一个大油瓮。那高个想伸手抓我，我一脚将他绊倒，他摔在油瓮上，把油瓮撞翻了，油流得满街都是。油坊里四个健壮的榨油工闻声而出，高个子见状，就诬赖我先动手打他。四个油工看看我俩，断定那高个在撒谎，上去就是一顿揍。"

陶干最后得意地说道，"离开时，我见他们用坛子砸他的头，坛子碎了一地。至于另一个盯梢的，那家伙跑得比兔子还快！"

狄公不禁仔细打量一下这瘦瘦的汉子。想起马荣说起陶干是如何将和尚诱骗到客栈，狄公暗想，此人看似无甚心计，身单力薄，有时却诡计多端。

就在这时，门猛地被推开，进来的是马荣和乔泰，还带着月仙。

"已将毛禄投入大牢，大人！"马荣得意地说道，"这位就是失踪的新娘！"

"干得好！"狄公大笑道。狄公示意女子坐下，遂和颜悦色道："刘月仙，你一定想马上回家吧？不过，稍后还须你在大堂上作证。现在，请把你在佛寺之后的事细细道来，我须查实一桩凶杀案。至于洞房夜那尴尬事，让你深陷窘境，我已略知一二。"

月仙脸羞得通红。过了一会儿，她定了定神，才娓娓说道：

"有一阵子，我特别害怕，以为棺木已经下葬。后来，我感觉有丝丝凉风从棺材缝里透进来，我便用尽全力想推开棺材盖板，可盖子就是纹丝不动。我大呼救命，使劲踢打棺材，直到手脚流血。棺材里的空气越来越少，我怕闷死过去，心里害怕极了，也不知道在里面待了多久。"

"过了一会儿，我听到外面有人说笑，便一边提高嗓门大声叫喊，一边使劲踢棺材。外面的笑声戛然而止，'棺材里有人，'只听有人嘶哑着声音叫道，'一定是鬼在叫唤，赶快跑吧！'我拼命喊：'我不是鬼。我是活着被入殓的，快救我！'很快，一阵刀劈斧撬，盖板终于被打开了，我又呼吸到新鲜空气。

"我睁眼一看，见是两个匠人打扮的男人。年纪稍大的那个满脸皱纹，慈眉善目，另一个则面色阴沉。俩人脸色通红，显然是喝多了酒，但这突如其来的事让他们清醒了不少。他们扶我出了棺材，带我去佛寺花园，并让我在荷塘边的椅子上坐下。那年纪稍大的从荷塘里舀水让我洗脸，年轻的让我喝他葫芦里的烈酒。我感觉好些，就告诉他们我是谁，还说了我被入殓的缘由。那年纪大的说，他叫毛源，当天下午便在蒋府干活。他在城里遇见堂弟，约着一起吃了酒饭。看天色已晚，两人打算在这荒僻的佛寺过夜。'我们会送你回家，'木匠说道，'蒋举人会把一切告诉你的。'"

月仙踌躇片刻，继续说道：

"毛源的堂弟一直盯着我，默不作声。此时，他才开口道：'不可鲁莽行事，大哥！这个女人活该命丧黄泉，我们岂可违抗天意？'我后来才明白，这个男人想霸占我，心中有些害怕。于是，我恳求年纪大的保护我，并送我回家。木匠怒斥他的堂弟，可那堂弟却恼羞成怒，跟木匠大吵起来。他猛然举起斧头，猛击木匠的头部。"

说到此处，月仙脸色苍白。狄公示意洪亮赶紧给月仙倒杯热茶。月仙饮过茶，大声哭道：

"那场面真是惨不忍睹，我又昏了过去。待我醒来，见毛禄满脸淫笑，站在我面前。'你得跟我走！'他对我吼道，'别乱说话！敢出声，我就要你的命！'我们从后门出了花园，他将我绑在佛寺后面一棵松树上，便匆匆走了。过了一会儿，他又返回来，可手上已没了工具箱和斧头。他又带我穿过昏暗的街巷，来到一家下等客栈。接待我们的是个面目可憎的女人。那女人带我们上楼，进了一间肮脏的小房间。'我们今晚就在这里入洞房。'毛禄说道。我向那女人求救，恳求她不要丢下我不管。她好像有些会意，粗声地对毛禄说：'先放开那雏儿，明儿一定让她伺候你！'毛禄听罢，便一言不发地走了。那女人给拿来一件旧衣衫，让我换下那可怕的死人装裹，还给我端来一碗粥。我吃完粥，一觉睡到第二日中午才醒。

　　"醒来，我觉得精神好多了，便想尽快离开那污秽之地。可是门被反锁着，我又踢又喊，那女人闻声赶来。我向她说明自己的身份，并说是毛禄绑架了我，恳请她放我走。但她听了，却大笑不止，对我喊道，'刚来的妞儿都这么说！你今晚就是毛禄的人了！'我怒火中烧，斥她无耻，并说要去衙门告她。那女人骂我不知好歹，还撕破了我的衣衫，将我剥光。我也未屈服，见她从袖内拿出绳子要绑我，我便将她推倒，想夺门而逃。可我终究不是她的对手，她用力击打我的肚子，趁我弯腰喘息之际，反绑了我的双手，扯住我的头发，让我跪倒在地。"

　　月仙叹了口气，气得脸颊绯红，继续说道：

　　"那女人用绳子使劲抽打我的背臀。我羞愤难当，痛苦不已，大哭着想躲开。但那可恶的女人将膝盖顶在我背上，左手扯着我的头发，右手挥动绳子，死命地打我。我大哭着求饶，受尽了屈辱。她打得我双腿皮开肉绽，鲜血淋漓。

"直到此时，那恶妇才住手。她气喘吁吁将我从地上拖起，令我靠床站着，后来又把我绑在床柱上，锁上房门就走了。我站在那里，痛苦地呻吟。不知过了多久，毛禄走进来，后面还跟着那恶妇。他好像动了恻隐之心，嘴里嘟囔着割断了绳子。我双腿肿痛，站不起来，毛禄只好扶我坐到床边，给了我一块汗巾，把衣衫扔到我身上。'睡吧！'他说道，'明天还要赶路！'他们走后，我疲惫不堪，遂也沉沉睡去。

　　"第二天早晨醒来，身子稍一动便疼得受不了。那恶妇又来了，我吓得半死。但她却装出一副温和的样子，说道：'为了你这贱人，毛禄真舍得花大价钱呢！'她给我倒了杯茶，还为我在伤口上涂了药膏。毛禄进来，让我穿了一套男人的衣裤跟他下楼，那里有个独眼男人在等。他们带我出了客栈，来到大街上。我每走一步，身上便疼得要命，可他们仍威逼着我快走。我走在街上，连招呼都不敢跟人打。我们先搭乘农人的牛车走，那一路真是苦不堪言，后又乘船到了三树岛。上岛上的头一晚，毛禄想占有我，我说病了。后来有两个强盗来侮辱我，毛禄跟他们厮打起来，直到兵丁来了才将那两个强盗抓走。第二天，这两位公差大哥就来了——"

　　"好了，姑娘！"狄公说道，"其余的事，我的随从会向我说。"狄公示意洪亮再给月仙倒了杯茶，然后郑重其事地说道："刘月仙，在那般艰难的处境之下，你仍能无比忠贞，真是难能可贵！短短几日，你与你的丈夫虽经历了磨难，身心倍受摧残，但你二人皆矢志不移，令人钦佩。如今，云开日出，愿你们百年

月仙姑娘妓院受虐（高罗佩　绘）

好合，恩爱永久！"

"不过，实不相瞒，令尊刘飞坡突然失踪，你可知其中原委？"

月仙神色不安。她缓缓说道：

"大人，父亲从不对我说他的事。我一直认为父亲的生意兴旺，家人也从没因为钱犯过愁。他为人孤傲，刚愎自用，与人不好相处。我也知道，母亲和家里其他的几房夫人都不开心。他们好像——不过，他对我一直爱护有加，我无法想象——"

"如此说来，"狄公打断月仙，"须等一段时间才能见分晓。"他转身对洪亮说道："且送刘月仙到客堂，然后备好官轿。切记，勿让外人看见。令班头速去蒋府向蒋家父子通报，就说刘月仙即刻到家。"

月仙跪地叩首，谢过狄公，遂跟洪亮出了二堂。

狄公靠坐在椅子上，命马荣和乔泰上前回复。

马荣详细叙说了上岛的经历，对蒋夫人足智多谋更是赞不绝口。当他说到那艘运送强盗的大船，说到强盗皆全副武装和船上有成箱成箱的兵器时，狄公坐直了身子，仔细倾听。马荣也提到柳江的动荡局势，但并未说头盔上有莲花标记，因为他对此一无所知。马荣说完，乔泰拿出几个白莲会的徽标放在案上，忧心忡忡地说道：

"头盔上都是这样的徽标，大人。多年以前，我听说过所谓白莲会的秘密帮派企图犯上作乱。看来，江北的强盗打着白莲会的旗号在恫吓百姓。"

狄公扫了一眼银色的徽标，赶忙起身，一边在房内来回踱步，一边愤怒地咒骂。几位随从面面相觑，他们从未见过狄公如此紧张。

狄公稳住心神，对几位随从惨然一笑，说道：

"这件棘手的事，我须仔细思考。你们几位先退下，劳累多日，也该歇息了。"

马荣、乔泰和陶干一言不发地向门口走去。洪亮逡巡片刻，见狄公面容憔悴、神情严厉，也便先退下了。江北告捷的喜悦顷刻间烟消云散，他们深知，后面还有更凶险的事等着他们。

四人走后，狄公在椅子上缓缓坐定。他双手抱臂，低头沉思。看来，最担心的事还是要发生了。白莲会死灰复燃，正蠢蠢欲动，他们的据点之一就在汉源。朝廷命他管辖汉源，身为父母官，他竟然对此事毫无察觉。血腥的内乱一旦爆发，汉源百姓定遭荼毒，繁荣的城镇也会变成瓦砾。诚然，他无力阻止这殃及全国的灾难。白莲会的爪牙遍布各地，汉源不过是他们的一个据点。但汉源毗邻京师，任何抵挡贼寇的要塞对禁军来说都非常有用。而他，至今未对朝廷奏明此事。失职呀！肩负朝廷重托，治理汉源，职责所在，他却犯了如此严重的过失。想到这里，狄公双手掩面，陷入深深的绝望中。

但狄公转念一想，遂又稳住心神。或许还有时间。柳江之战也许是贼寇首次起事，是为了探朝廷虚实。多亏马荣和乔泰，增援柳江的贼寇才未能得逞。叛匪在别处策动暴乱也需些时日。柳江当地的官吏可能会向上禀报，上面定会派人查实。不过，那样颇费周折！柳江暴乱，事关重大，不仅关乎柳江安危，而且也是白莲会谋叛朝廷的首战。作为汉源县令，他本该尽职尽责，今晚必须上报朝廷，还要附上确凿的证据。但证据何在？

刘飞坡虽已失踪，但韩咏涵还在汉源。他必须立刻缉拿韩咏涵，并严刑拷问。虽然证据犹显不足，但朝廷安危更为重要。况且，棋局与韩咏涵有直接关联。毫无疑问，韩咏涵的祖先——韩隐士，在七十年前便发现了这个秘密，并将破解秘密的要诀藏在棋局里。未承想，韩隐士的不肖子孙却想利用这个秘密实施罪恶的计划，真是狼子野心。然而，秘密究竟是什么？韩隐士学识渊博，擅长下棋，而且颇懂营造之法，韩家佛堂即是由他监造。此外，他还擅长篆刻，佛龛玉碑上的经文就出自他手。

想到这里，狄公猛地坐直了身子，双手紧紧抓住桌案边。他闭上眼睛，眼前便浮现出那日深夜与柳絮在佛堂的一番对话。俏丽的柳絮姑娘站在他面前，纤纤玉指指点佛堂经文的景象仍历历在目。他清楚地记得，刻有经文的玉碑是方的。柳絮说，每个字刻在单独的一片玉上面，因此，玉碑呈方形。韩家的另一遗物——棋谱，也是方形，由方格子组成……

狄公拉开抽屉，将里面的案卷文书扔在地上，急慌慌寻找柳絮给他的那份玉碑拓片。

终于，他在抽屉角落找到了那张卷成筒的拓片。他急忙展开拓片，两端用镇纸压住。然后，他又摊开那张棋谱，放在拓片旁边，仔细比对着两者有何异同。

拓片上的经文共有六十四个字，每行八个，成方形。狄公双眉紧蹙，见棋谱也是方形，但纵横皆为十八行。即便形状相似，经文与棋谱之间究竟有何关联？

狄公努力让自己静下来，以便认真思考。经文是逐字逐句抄自一本佛经，若不经删减，很难隐藏机密。因此，两者之间的关联，显然就在棋谱里。

狄公缓缓捋着胡须。很显然，这份棋谱实际上并非残局。乔泰曾说，黑白棋子的位置随意摆放，黑子摆放得尤其没有章法。狄公眯缝着眼睛思忖，解开棋局的线索在黑子上面？白子是后来摆放上去的，只是个障眼法。

他很快数了数黑子所占据的位置，它们呈八纵八横之势。经文的六十四个字也是如此排列。

狄公提起毛笔，对照棋谱上位置，在佛经的十七个字上画了圈。画完，他长吁一口气，原来那十七个字连成了一个句子，谜底就是在这句子中！

狄公扔掉毛笔，拭去额上的汗珠。他总算弄清了白莲会的巢穴所在！

他站起身，轻快地走出房门，见四个随从正站在门外回廊一角。他们正愁眉苦脸地猜测，狄公为何如此沮丧。狄公示意众人进屋。

他们走进二堂，立即发觉似乎已云开雾散。狄公站在案前，双手拢在袖中，情绪激动地看着众人，说道：

"今晚，我将揭开杏花姑娘被杀一案的谜团。她对我说的最后一句话，其真实含义我已弄清！"

十八

狄公招呼四位随从围拢在自己身旁，低声细语，急匆匆说出自己的筹划。最后，他嘱咐众人，"你们一定要小心行事！隔墙有耳，衙门里也有奸细！"

马荣和乔泰匆匆离了二堂，狄公对洪亮说道：

"你去衙役值房，密切注意衙役和兵丁的动静。但凡有人传话进来，立即将其拿下！"

狄公说罢，离了二堂，与陶干一起顺着台阶上了露台。

狄公焦虑地抬头看着天色，见明月高悬，天气仍然闷热，微风不起。他舒了口气，遂在栏杆边的太师椅上坐定。

狄公双手托腮，俯视着昏暗的大街小巷。此时已过子夜，百姓家家灭灯熄火。一直站在狄公身后的陶干，抚弄着脸上的几根长毛，目光投向远方。

好一阵子，二人皆默然不语。此时，楼下传来梆子声，打更人仍在巡夜。

狄公霍地起身说道：

"夜深了！"

"大人，这事不能着急！"陶干安慰道，"也许比我们预想的要费些周折！"

狄公猛然抓住陶干的衣袖，大叫道：

"看，他们开始动手了！"

只见一缕浓烟从东边的屋顶上升起，不久起了火光。

"快走！"狄公叫喊着跑下了露台。

刚到楼下的庭院，他们就听见县衙大门口大铜锣响起。两名健壮的兵丁发现了火情，正用力敲锣示警。

衙役和兵丁纷纷跑出值房，草草系紧头盔。

"你等赶紧去火场！"狄公命道，"留两名兵丁把守大门！"

狄公吩咐已毕，便跑出衙门，后面紧跟着陶干。

他们见韩府大门洞开，众仆役肩扛手拎，拿着各种细软跑出韩府大门。火焰正舔舐着宅院后的仓房屋顶。一群百姓聚在街上观望。里正让众人排成一列，将水递给围墙上救火的兵丁。

狄公站在韩府大门外，声如洪钟地大声喊道：

"两名兵丁把守大门！切不可让贼盗趁机溜进去！我去看看是否有人还困在里面！"

他与陶干冲进韩府，那众人避之唯恐不及的地方，径直奔向佛堂。

狄公站在佛龛前，忙从袖内拿出佛经拓片，指点着用毛笔圈过的十七个字。

"看！"他说道，"此句是打开碑上字锁的钥匙：'若深悟吾言，须指此玄，得进此门，世享安宁。'看来，玉碑就是通往密室的门。你拿好这张纸！"

狄公用食指先按下玉碑经文的首行"若"，那块玉动了一下。他再两个拇指并用，使劲儿按"深"字，玉块向下动了寸有余，然后就不动了。狄公接着依次按下"吾"字，玉块也动了。当他按下尾行的"宁"字时，忽听得细微的咔嗒声。他推动玉碑，玉碑缓缓向内一转，四尺见方的一条暗门露了出来。

狄公从陶干手中接过灯笼，匍匐而入。

陶干跟着狄公爬进洞内，感觉身后的门就要缓缓关上。他眼明手快，抓住洞内的把手一转，欣然发觉门可以打开。

狄公在前面打头，两人在低矮的暗道里穿行，行不数步，暗道越来越宽。狄公站起身来。微弱的灯光下，一条陡峭的阶梯直通下面那幽暗之地。狄公向下走了二十来步，来到一个在岩石上凿出的墓穴，有十五尺见方。他见右边的墙壁旁立着十来个大陶罐，均以羊皮纸封口。其中一个陶罐破了，狄公伸手一摸，摸出一把干米。左边有个铁门，铁门上方是个拱形门，通往另一条暗道。狄公转动门把手，门轴上过油，开门时并无声响。狄公在门口停下脚步向里一看，顿时愣住了。

这是间六角形的小屋，只点着一根蜡烛。房中央有一个方形桌案，桌案旁坐着个男人，宽肩，背微驼，正埋头细读案卷。

狄公和陶干正待踮脚尖悄悄走进屋内，那人猛然回过身来，原来是王员外！

王员外跳将起来，将椅子一扔，正好砸中狄公的小腿。待狄公爬起来，王员外已绕过案桌抽出一把宝剑。狄公两眼紧盯着王员外因愤怒而变形的面孔，只听得肩头嗖地飞过一物，王员外俯身躲过，笨重的身躯如此敏捷，实在罕见。飞刀"啪"的一声扎进了靠后墙的柜门。

狄公赶紧抓起桌上的汉白玉镇纸，挡住刺向胸口的宝剑，并趁势奋力将桌案掀翻。王员外见状，慌忙退后一步，但桌角碰到了他的膝盖。他站立不稳，扑身向前倒下时，把手中的宝剑投向狄公。宝剑的利刃扎透了狄公的衣袖，而狄公手中的镇纸却砸中了王员外的后脑勺。王员外扑倒在桌案之上，鲜血从头上咕咕流出。

"可惜飞刀没刺中他！"陶干惋惜道。

"嘘！"狄公小声道，"附近可能还有人！"

狄公低头仔细查看王员外的伤口。"镇纸比我预料得要重，"他叹惜道，"他断气了。"

狄公站起身，目光落在门边靠墙堆放的两摞黑皮箱子上，总共有二十几个，每个都有铜挂锁和把手。

"我们的先祖曾用这种箱子存放金条！"狄公对陶干说道。他有些诧异，"可箱子都是空的。"他环顾四周，继续说道："韩咏

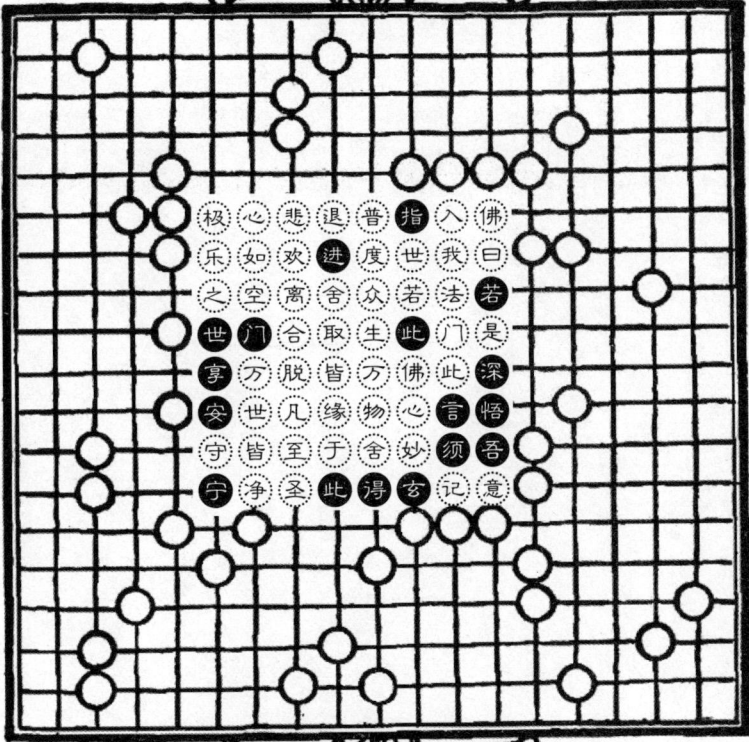

涵知道，掺杂了真相的谎言，才最能骗人。他当初告我说遭到绑架，所描述的秘密地点就在他家地下！韩咏涵定是贼首，他通过刘飞坡向各地的大小头目发号施令。另外，王员外定也是这白莲会内的重要人物。陶干，王员外的头还在流血，用你的汗巾将血擦干净，然后再把他的头包扎一下。我们赶紧把尸首藏好，免得让人察觉有人来过这里！"

狄公拿起王员外适才聚精会神阅览的卷宗，凑近烛光一看，上面写满了字，字迹细密工整。

陶干擦净桌案和镇纸上的血迹，又用汗巾包扎好王员外的头，将尸首放在地上，扶正案桌。这时，狄公激动地说道：

"这正是白莲会贼众谋反的计划！可惜，贼人姓名和起事的地点用的都是密语！一定还有破解密码的卷册。快到那边靠墙的柜子里找找！"

陶干从柜门上拔下飞刀，开始在柜子里面翻看。只见柜子下面一格放着一排石印，均刻着白莲会的徽标。他从上面一格拿出一个檀木方盒，递给狄公。盒子是空的，可容纳两个折子。狄公折好从地上捡起的折子，见折子乃紫缎裱成，正好放入盒内，旁边还可以放下同样大小的折子。

"必须找到另一个折子！"狄公急迫地说道，"那折子一定有破解密语的方法！看看墙内是否有钱柜！"

狄公掀起地毯，仔细查看青石地面，陶干则将业已破损的墙幔拉到一边，检查墙面。

"只有石头，没有别的！"陶干说道，"上面倒有几个缝隙，我觉得有凉风进来。"

"那些不过是透气孔，"狄公不耐烦地说道，"房顶上也有这样的孔。再看一下皮箱！"

他们把皮箱逐个摇晃，可里面空无一物。

"我们去另一条暗道看看！"狄公说道。陶干拿起灯笼，与狄公一起出了小屋，进入墓穴。他指了指暗门靠地面的一个方孔，对狄公说道："这一定是面墙！"

狄公漫不经心地看了一眼，点头说道：

"没错，韩隐士真是料事如神！此墓穴显然是为家人避险所用。此处既可藏金银财宝，亦可藏米藏水。给我照亮些！"

陶干举高灯笼，照亮整个暗门。

"这条暗道想必建得更晚一些，大人！"陶干说道，"岩石到此就没有了，暗道是土坯的，立柱看着很新！"

狄公从陶干手中接过灯笼，照在靠墙放着的一个长方形箱子上，吩咐陶干："打开箱子！"

陶干蹲下身子，将飞刀塞进箱子盖板下面一撬，慌忙转头避开，一股恶臭冲出了箱子。狄公急忙用汗巾堵住口鼻，只见箱内躺着一具腐尸，死者只剩一个骷髅头，可怕的蛆虫顺着破碎的袍服钻进了尸体。

"快盖上！"狄公慌忙说道，"稍后再来检查尸体。现在没时间！"

狄公顺暗道走了十来步二十几尺，一扇又高又窄的铁门拦住了去路。他转动门旁的把手，推开门，见前面是个明月朗照的花园，右边是爬满了青藤的凉亭。

"此处正是刘飞坡的花园！"陶干在后面低声说道。他到拐角探头向四下张望，继续说道："门外是个假山，用石块砌成。门与假山合为一体。刘飞坡常在这凉亭小憩。"

"这扇门相当隐秘，刘飞坡原来是用这种方法逃跑的。"狄公说道："我们回去吧！"

陶干似乎还不愿离开，他打量着假山上的门，一脸的赞叹。二人听到远处韩府内奋力救火的嘈杂声此起彼伏。

"把那扇门关上！"狄公小声说道。

"真精巧啊！"陶干遗憾地关上了门。他随狄公重又回到暗道，见灯光正照到墙上的凹陷处，遂扯了扯狄公的衣袖，默默指了指地上的枯骨。仔细查看过地上的四具枯骨，狄公说道：

"这些人在墓穴里遭白莲会贼人毒手。这些尸骨放在这里很久了。木箱里的尸体，是最近才遇害的。"

狄公疾步走上台阶，进了六角形小屋，说道：

"帮我将王员外的尸体投入水井！"

二人将王员外软塌的尸体抬进墓穴，投入黑黝黝的井中，井里传来扑通一声。

狄公又走进小屋，吹灭蜡烛，随手把门关上。他们穿过墓穴，沿着陡梯，爬上通往佛堂的暗道。进了佛堂，见玉碑悄无声息地合上，陶干随便按动经文上的字块。他刚按动一个玉块，刚要去按动另一个玉块时，头一个便又恢复了原状，与表面平齐。

"真是巧夺天工啊！"陶干由衷地赞叹道，"若不知道密语，就是按到头发花白也无济于事！"

"且慢！"狄公低声说道。他拖着陶干的衣袖，将他拉到佛堂的门口。

行至庭院，二人碰到几个从街上回来的仆役。

"火总算扑灭了！"他们高兴地喊道。

一到街上，二人又碰到身着常服的韩咏涵。他向狄公千恩万谢道：

"多亏衙门里的人救得及时，大火已然扑灭，损失不算重。多谢大人！仓房房顶虽烧去大半，谷包也被水浇湿，别处倒也平安无事。连日干旱，天气闷热，估计是屋顶下的稻草引起的火灾。多亏二位衙役快速爬上屋顶，才阻止了火势蔓延。幸好今日无风，否则后果不堪设想！"

"我也担心起风！"狄公诚心诚意地说道。

两人客套几句，狄公与陶干遂转身回府。

狄公回到县衙，见两位模样怪异的人正在二堂等候。两人破衣烂衫，脸上乌黑一片。

"最糟糕的是，"马荣蹙眉顿足、恼怒地说道："浓烟把我的喉鼻都熏坏了！实在可恶，真是放火容易，救火难啊！"

狄公听罢，淡淡一笑。他在书案后坐定，对二人说道：

"你二人又立了一功！两位还须再待一会儿，还不能休息。还有重任相托！"

"有差事做，太好了！"马荣喜笑颜开道。

"你和乔泰先去沐浴更衣，"狄公接着说道："然后赶紧吃饭。

吃完饭，穿好盔甲戴好头盔过来见我。"说罢，他转身吩咐陶干道："传洪亮见我！"

几位随从走后，狄公准备好笔墨，取出一卷空白折子，然后从袖内取出墓穴里找到的那份名册，仔细阅览。

洪亮和陶干进来，狄公抬头对二人说道：

"将杏花被杀一案的卷宗都拿来放在桌案上，我所需要的章节你们念给我听！"

二人立刻忙碌起来，狄公遂开始书写奏折。狄公写得一手好字。他时而停下来思索，时而示意随从大声朗读那些他想逐字逐句抄下来的章节。

写完之后，狄公搁笔，长吁一口气。他小心翼翼地卷起奏折，附上墓穴中找到的名册，用油纸包好，并让洪亮盖上官印。

此时马荣和乔泰走进二堂，身着盔甲、铁护肩，戴着尖顶的头盔，看着比往常高些。

狄公给他们每人三十两纹银，神色凝重地看着二人说道：

"你二人立即骑马去京城，马歇人不停。军寨里若无马匹，可向百姓租用。这些银两足够你们使用。不出意外的话，天明之前，定能赶到京城！"

"到京城后，直接去见大理寺卿。大理寺门前悬挂一面铜锣，百姓均可在天亮后的一个时辰内鸣锣申冤。敲锣后，你们要对大理寺的官员说，你们远道而来，有冤情求见大理寺卿。一见到大理寺卿，要亲手呈上此奏折！无须多言，请赶快上路！"

马荣接过狄公的奏折，笑道：

"小事一桩！我等身着轻便猎装，岂不更好？这身铁家伙会压得马喘不过气的！"

　　狄公神色严厉地看着两位随从，缓缓说道：

　　"此行或难或易，全靠运气。一路之上，你们很可能会遇到埋伏，因此戎装出行为好。切记，不可向官府求助，凡事须自行解决。若有人胆敢阻拦，格杀勿论。你们二人，如一人被杀或受伤，另一人须马不停蹄，将奏折送到京师。务必亲手交给大理寺卿，他人均不可信。"

　　乔泰紧了紧挂剑的腰带，冷静地对狄公说道：

　　"此奏折一定十万火急，大人！"

　　狄公双手拢在袖中，神色庄重道：

　　"此奏折乃上天的旨意！"

　　乔泰马上明白此事非同小可。他挺直身板，大声喊道：

　　"永世效忠皇帝陛下！"

　　马荣不解地看了乔泰一眼，但不假思索地跟着喊道：

　　"吾皇万岁万岁万万岁！"

十九

著便服上差巡汉源
露真容贼首匕首见

翌日清晨，和风吹拂，山间薄雾弥漫，清爽的空气，令人神清气爽。

洪亮本想狄公在露台之上，可刚登上楼梯时，衙役说狄公在二堂。

洪亮见到狄公，心中惊疑不定。狄公坐在案桌后面，腰背微驼，眼圈发红，目光呆滞。屋内空气污浊，狄公袍服不整，想是整夜伏案，片刻未眠。狄公见洪亮神情不安，遂淡淡一笑，说道：

"昨夜，送二位好汉走后，我全然无法入眠。于是，我干脆重回二堂，将案情前前后后细想了一遍。韩府的墓穴与刘府的花园有地道相连，说明韩刘二人皆为白莲会头目。洪亮，可以断定，他们想密谋推翻朝廷，故在各地广结党羽。情势十万火急，但仍有挽回的余地。据我估计，奏折已送至大理寺卿的手中，朝廷定会闻讯而动。"

狄公呷了一口茶，继续说道：

"昨夜我思前想后，发觉遗漏了一件事。回想这几日，我依稀记得，有一处疑点前后矛盾，当时便颇觉怪异，但后来却忘得一干二净。事情虽小，现在想来却至关重要。但愿我能想起来，以解开心中疑惑！"

"大人可曾记起？"洪亮急切地问道。

"记起来了！"狄公答道，"就在黎明时分，公鸡开始报晓，我突然想起来了！洪亮，你是否想过，公鸡是在曙光初露前报晓的？动物是相当灵敏的。好吧，打开窗户，吩咐衙役送一碗米饭来，再送点酱和腌鱼。我想吃点开胃的饭菜，然后沏壶浓茶！"

"大人，今早可要升堂？"洪亮问道。

"不用升堂，"狄公答道，"马荣、乔泰一回来，我即去拜访韩咏涵和梁大人。时间紧迫，真想马上动手。鉴于杏花一案已成为朝廷要案，我一小小县令，无力擅专，必须等朝廷的旨意行事。唯愿马荣和乔泰尽快回来！"

吃完早饭，狄公差洪亮和陶干去梁府打探情况并处理日常事务，自己则登上露台。

狄公在汉白玉栏杆旁伫立良久，欣赏祥和安宁的晨景，但见小小的渔船停靠在船埠前，湖水泛着点点白光。湖边小路上，农夫们肩扛手提着肉食和蔬菜，熙熙攘攘向街市走去。吃苦耐劳的乡民，如往常一样，忙碌着自己的生计，即便大难临头，他们仍在为生活奔波。

狄公将太师椅挪到阴凉处坐下。不久，困意来袭，昏昏欲睡。

洪亮端来午饭，狄公这才醒来。他站起身，走到栏杆前，以扇子遮住阳光，眺望远方，仍未见马荣和乔泰的踪影。他失望地对洪亮说道：

"洪亮，他们也该回来了！"

"也许朝里的大人想知道更多一些，大人！"洪亮安慰道。

狄公忧郁地摇摇头，草草吃完午饭，回到二堂。洪亮、陶干与狄公面对面坐着，三人一起审阅早晨递上来的状纸。

半个时辰过后，回廊里传来了沉重的脚步声。马荣和乔泰满头大汗走进二堂，看上去疲惫不堪。

"谢天谢地，你们总算回来了！"狄公欣喜地说道，"你们可曾见到大理寺卿？"

"见到了，大人！"马荣嗓音嘶哑地答道，"我们亲手呈上奏折，他当面就看了一遍。"

"他怎么说？"狄公紧张地问道。

马荣耸了耸肩，答道：

"他卷起奏折，纳入袖中，吩咐我们转告大人，容他稍后再阅。"

狄公脸色一沉。这可是不祥之兆。他没指望那大理寺卿会与自己的随从商讨此事，但没想到大人的反应竟如此随意。狄公思忖片刻，说道：

"哦，我很庆幸二位能一路顺利！"

马荣大汗淋漓，将头盔向脑后一推，沮丧地说道：

"路上还算很顺利，但我觉得情况不太妙啊，大人！今早我们从西门出京城时，有两个人骑马追上我们。两人年纪都已不轻，自称是茶商，要往西边去，想与我们结伴到汉源。他们谈吐斯文有礼，也没带兵器，我们便也只好答应。但那年长者神色诡秘，我看他总有不寒而栗之感。一路之上，他们虽沉默无语，但也没有节外生枝。"

"你们走乏了，"狄公说道，"难免有些疑神疑鬼。"

"路上的事还不止这些呢，大人！"乔泰插话道，"没走半个时辰，有三十几号人马从小路奔来。为首的说，他们也是客商，正往西边去！说真的，他们若是客商，我就是奶妈！我很少见过这样的一群人聚在一起，杂七杂八的。我还断定，他们的衣服下定然藏着利刃。他们虽然在前面领头，倒也没出什么事。可是，走了约半个时辰，又来了三十来号自称客商的人汇入，而且走在我们后面。我和马兄心想，这下可真遇上麻烦了。"

狄公在椅子上坐直身子，眼睛盯着乔泰，听他继续说道：

"不过，奏折已然送了出去，我们也不担心。我们想，如果打起来的话，至少有一人能冲出重围，抄小路去军寨搬救兵。那些人按兵不动，反倒让我们心神不宁的。他们个个神情自若，显然重任在身，根本不把我们这样的信差放在眼里！他们只想拖住我们不去报信就成。说实话，我们也无法报信，所有军寨里都没人，路上看不到一个兵卒！我们沿湖向汉源城进发时，那群人便三三两两陆续离开了。临入城时，只剩那最初的两名老者跟着我们。一进城，我们当即拿下二人，带回了县衙。两人似乎也不甚在意，只是傲慢地说，正想见大人！"

"这六十几号恶徒不过是那贼众之一支，大人！"马荣接着说道，"快进城时，我们看见远处山中有两队人马直奔汉源。他们以为出其不意便可突袭汉源，但县衙地势险要，固若金汤，叛贼岂能轻易攻破！"

狄公一拳砸在桌案之上。

"真不明白，朝廷接到我的奏折，为何还按兵不动？"狄公愤怒地叫道，"但无论怎样，不能让叛贼如此轻易就攻破汉源！他们没有攻城的装备，而我们起码也有三十几号人马可用。乔泰，我们的兵器可够用？"

"库中的弓箭储备充足，大人！"乔泰信心十足地说道，"起码可以抵挡一两日，并有可能重创叛贼！"

"将那两名无耻的奸细带上来！"狄公对马荣吩咐道，"别以为他们可以和我较量！汉源虽是他们的老巢，但要我不战而降，简直是痴心妄想！不过，我们先得问问这两个奸细，摸清他们的兵力和部署！带他们上来！"

马荣得意地咧嘴一笑，遂出了二堂。

不久，他带着两个男子回到二堂。这两人皆身着蓝袍，头戴玄色弁帽。年长的男子身材高大，蓄着稀疏凌乱的络腮胡须，厚厚的眼皮似睁非睁。他面沉似水，但神色冷峻。另一个男子则身材壮硕，胡须浓黑，目光犀利却面带嘲讽，一对明亮的眼睛机警地打量着狄公和四位随从。

狄公盯着那年长的男子，惊愕地一时说不出话。数年前，狄公在大理寺任职时，曾远远见过这位令人生畏的朝廷重臣，也听人小心翼翼地低声道出他的姓名。

此公抬起头，怪异的灰色眼睛上下打量一下狄公，遂转身望向那四个随从。狄公赶紧示意四位随从退下。

马荣和乔泰惊得目瞪口呆。他们看着狄公，见狄公焦躁地点点头，遂很不情愿地向门口走去，后面紧跟着洪亮和陶干。

两位客人在专为贵客准备的高背太师椅上坐定，狄公跪拜叩首，以示庄重。

年长的男子从袖内取出折扇，悠然地扇着，阴阳怪气地对旁边的男子说道：

"这位就是狄县令。时过两月，他才发现自己管辖的汉源城是密谋篡反的据点。想必他忘了自己的职责了呀！"

"衙门里的动静，他也未能察觉呀，大人！"另一位男子附和道，"在奏折里，他竟然说衙门里出了奸细，真是大言不惭。失职至此，该当何罪！"

年长男子无奈地长叹了一声。

"年轻官员一旦出任地方，"他冷冷言道，"总是疏于职守。也许是没有顶头上司的约束吧。我等务必要召见本州刺史，当面告诉他这桩颜面尽失之事！"

老者停顿片刻，狄公亦不敢作声。在朝廷重臣面前，未经允许，他不敢贸然出声。何况，他有渎职之嫌，理应受训责。这位老者官虽拜御史，实为大理寺卿，乃朝廷重臣。此人名唤孟齐，提起这个名字，京城高官无不双股打战，浑身发抖。孟大人清廉正直且铁面无私，对朝廷无比忠诚，故此被委以重任，参与军政大事的决断。

"狄仁杰，幸好你素来勤勉！"留着短髭的男子说道，"十日前，朝廷已接到密报，称坊间传言白莲会死灰复燃。孟大人得到消息后，当机立断做了处置。而阁下到今天才如梦初醒，飞速奏报朝廷说白莲会的大本营就在汉源。你大概不知道，御林军早在山中、湖边布置了兵力，日夜防备反贼，亏你一直高枕而卧！"

"国之大事，我等定当尽全力！"御史说道，"不过，地方官表现无能，是最容易出问题的环节。叛乱定能平定，但会有相当大的牺牲。若狄县令能恪尽职守的话，我们定能将贼首一网打尽，将叛乱扼杀于萌芽之中。"说话间，他提高嗓音，铿锵有力地对狄公说道："狄仁杰，你起码犯下了四个致命的错误！其一，你明知刘飞坡是嫌犯，却让他逃之夭夭。其二，那万姓叛贼尚未招供，便死在监内。其三，你本可以生擒王姓罪犯，却失手将他打死，以致无法审问。其四，你的奏折所附文件不全，缺少解开密语的那一个折子。狄仁杰，说说，那个折子现在何处？"

"下官知罪！"狄公答道，"我尚未寻到那解密折子，但我以为……"

"我不想听你所以为之事！"御史打断狄公的辩解，"我再问一遍，折子现在何处？"

"在梁大人府内，大人！"狄公答道。

御史一听，跳将起来。

"狄仁杰，你怎能在此信口雌黄？"他愤愤地质问道。"梁大人之为人岂容你胡乱猜疑！"

"下官知罪！"狄公连忙说道，"梁大人对府中之事并不知情！"

"他不过是想拖延时间，大人！"留短髭的男子焦躁地说道，"将他拿下，投入他自己的监牢！"

御史并未理会，只是一边踱着步，一边气呼呼地甩动衣袖。突然，他停下脚步，站在尚跪在地上的狄公面前，粗鲁地问道：

"你何以认为那折子在梁大人府内？"

"为了保险起见，白莲会头目把折子转移到那里的，大人！"狄公答道，"下官斗胆提议，大人可派人查封梁府，并缉拿所有人，不可让梁大人或外人知道此事。下官再派人去见韩咏涵和康仲，假称是梁府的人，说梁大人有要事相商。大人您也前往梁府，我扮作您的随从！"

"狄仁杰，何必如此兴师动众？"御史质问道，"汉源城已尽在我手。我可以马上派人缉拿韩、康二人。然后，我们一起去拜见梁大人，向他说明来意，然后你再说出折子之事。"

"下官出此下策，"狄公说道，"是为了避免白莲会头目听到风声逃走。我怀疑韩咏涵、刘飞坡和康仲俱牵涉其中，但不知各人具体扮演什么样的角色。也许头目另有其人，但我们尚无法证明。缉拿其他人，会打草惊蛇，首领可能会趁机溜掉。"

御史思忖片刻，缓缓捋了捋颔下的胡须，对另一位钦差说道：

"派人将韩、康二人带到梁府，只是不可走漏风声！"

留短髭的男子皱皱眉头，似颇有微词，但见御史不耐烦地摆了摆手，遂不再坚持，赶忙起身离了二堂。

"狄仁杰，起来吧！"御史说罢，重回到座位上，从袖内取出一卷奏折，仔细审阅。

狄公指了指茶几，小心翼翼地说道：

"下官请大人用茶，大人能否赏光？"

御史抬起头，神情不悦，傲慢地说道：

"不用劳烦。我的茶饭自有人预备。"

御史继续审阅奏折。按朝廷的规矩，狄公垂手恭敬地站在旁边，听候发落。这样不知过了多长时间。起初，他得知朝廷对叛乱一事果断处置，心中无比宽慰；而现在，却时时不安于自己对事态的判断，生怕判断有误，坏了大事。他心急如焚，反复思量着可能发生的每一件事情，绞尽脑汁搜罗可能遗漏的线索。

正沉思间，一声干咳打断了狄公的思绪。御史将奏折纳入袖内，起身说道：

"时候差不多了，狄仁杰。此处离梁府有多远？"

"就在附近，大人。"

"我们可步行过去，不必惊扰百姓。"御史说道。

二堂外，马荣和乔泰一直候在回廊里。两人看着狄公，心中闷闷不乐。狄公宽慰地对他们笑道：

"我要出去一趟。你二人把守前门，洪亮和陶干留意后门。我回来之前，且不可放任何人进来。"

街市上熙熙攘攘，百姓们各忙各的，一如平常。狄公面如止水，深知御史手下办事利落，汉源城已尽在其掌控中，而人们却丝毫没有察觉。他在前大步流星，御史紧随其后。两人身着蓝色便袍，不曾引人在意。

一位身材消瘦、面无表情的汉子打开了梁府的大门。狄公以前从未见过此人，显然御史的手下已接管了梁府。那人恭敬地对御史禀道：

"梁府之人尽被拿下。两位客人已到，正与梁大人在书房。"

说完，汉子领两人走过昏暗的回廊，悄悄来到书房。狄公见年迈的梁大人坐在窗前的朱漆太师椅上，韩咏涵、康仲则坐在对面的椅子上，两人看上去都很紧张。

梁大人费力地抬起头，略略掀开眼罩，朝门口张望。

"又来了几位客人！"他叽咕道。

狄公走到案桌前，向梁大人深施一礼，御史则不动声色地站到门口。

"汉源县令前来拜见大人！"狄公说道，"突然造访，望大人见谅。恳请大人允许，我只想——"

"不必多礼，狄县令！"老人疲倦地说道，"我该去服药了。"说罢，他的头又耷拉下来。

狄公将手伸进了金鱼缸内，不久便摸到水下仙女雕像的底

危机解除（高罗佩　绘）

座。金鱼惊慌失措，四处游动，冰凉小巧的身体从狄公的手边滑过。狄公感觉底座上部可以转动，原来是个旋盖，仙女的雕像是把手。狄公拿起雕像，见里面有个铜管，刚刚高出水面。他遂将手探进铜管，拿出一个小折子，折子乃用紫缎裱糊。

梁大人、韩咏涵和康仲一动不动地坐着。"坐下！"银丝鸟笼中的鹦鹉突然叫了起来。

狄公走到门口，将折子交给御史，并低声说道：

"此乃破解密语的要件！"

御史打开折子，匆匆过了一遍。狄公转身看了看屋内，见梁大人正襟危坐，眼睛直盯着金鱼缸，如一座石像。韩咏涵和康仲则望着门口那身材高大的男子。

御史挥了挥手。突然间，回廊里站满了身披闪亮金甲的御林军兵士。御史指着韩、康二人道：

"将他们拿下！"兵士一拥而上，抓住两人。御史接着对狄公说道："韩咏涵虽不在名册之上，但还是先将他缉拿归案。你随我一道向梁大人致歉。"

狄公拦下御史，急匆匆冲到书案前，俯下身子，一把摘掉梁大人的眼罩，并厉声喝道：

"站起来，刘飞坡！你真是阴险恶毒，竟敢谋害梁孟广大人！"

那"梁大人"抬头从书案后慢慢站了起来。他挺直了胸膛，尽管戴着假胡须，脸上还涂了油彩，但盛气凌人的架势还是让人一眼认出他就是刘飞坡。他并未直视狄公，反倒是两眼冒火地看着五花大绑的韩咏涵，以讥讽的语调大声说道：

"韩咏涵，是我杀了你的婊子！"

说罢，他一手扯掉假胡须，一脸的嘲讽。

"将他拿下！"御史对兵士吼道。

狄公闪到一边，四名兵士走到案桌前，其中一人手里拿着绳索。刘飞坡双手抱臂，径直向四人走去。

走到半途，刘飞坡突然伸出右手，刀光闪过，喉部顿时鲜血喷涌。他高大的身躯晃了几下，便无力地倒在地上。

他便是白莲会的头目，一心妄想登上龙椅，可惜将性命断送在自己手里。

二十

　　之后数日，朝廷对白莲会重拳出击，毫不手软。

　　一时间，京师内外，涉案的高官、富商纷纷落网，最终被枭
首示众。白莲会大小头目悉数被抓，叛匪失去了主心骨，再也无
力组织所谓的叛乱、谋反。尽管一些偏远之地仍有零星暴动发
生，但地方兵丁便可轻而易举地将其剿灭。

　　御史大人的人马暂时接管了汉源大小事务。刘飞坡自刎后，
孟大人星夜赶回京师，留下短髭怪样的官员统管全局，狄公则处
理衙门内的杂务。汉源的反贼余孽尽遭清除，康仲也招出隐藏在
衙门里的白莲会叛贼，王员外的亲信和替刘飞坡卖命的恶徒也均
被移送京师法办。

狄公已被停职，因此处决毛禄时，他无须到场。这让他感到宽慰。都督府原先判毛禄鞭刑，但狄公认为毛禄并未辱没刘月仙的清白，相反还在三树岛时曾挺身保护刘月仙免于受辱，故据理力争，为其减刑。因此，都督府改判毛禄绞刑。而和尚则被判发配北疆，服十年劳役。

处决毛禄的那头上午，天降大雨。汉源百姓都说，汉源的土地爷想洗去他所护佑土地上的血污。神奇的是，雨没下多久就停了。下午时分，天空放晴，天气凉爽。

朝廷下旨，狄公自那天夜里，官复原职。于是，狄公趁下午仍可逍遥之时，打算去湖上垂钓。

马荣和乔泰租来一艘平底小船，在船埠等候狄公。狄公头戴圆形遮阳帽，赤足登上小船。洪亮和陶干随后一起登船，陶干手里还拿着钓具。

众人上船后，马荣在船尾掌舵。小船缓缓划向湖心，荡起层层涟漪。微风中，众人静静地欣赏着湖上美景。

突然，狄公说道：

"七八天前，我仔细观察京城高官落实政令，颇为有趣。留短髭的那位大人——我至今不知道他的名字和官职——起初一副踌躇满志的样子，后来却一团和气，允许我看一些机密要件。他确实是一个好官，办事细致又有条理，我远不及他。在他手下当差不太容易，整日忙忙碌碌，幸好今日稍得闲暇，方可与你等好好叙谈一番！"

狄公将手伸入湖水中，顿觉阵阵清凉。他接着说道：

"昨天，我去见了韩咏涵。他对自己遭受严刑审问一事非常难过，但他更难过的是，自己家乡汉源竟成了谋反的据点！他说自己根本不知道先人在府宅下面建造了墓穴，但留短髭的大人根本不相信他。为此，韩咏涵被连续盘问了两日，甚至对他动了刑具。最终，韩咏涵被无罪释放，因为我对那位大人说，韩咏涵曾遭白莲会绑架，但他不惧贼人恐吓，向我及时禀报了经过。韩咏涵对我心怀感激，我便对他说起梁奋与他女儿相爱一事。韩咏涵起初非常愤怒，觉得梁奋配不上自己的女儿，但后来松了口，说不会反对他们共结连理。梁奋是个忠厚老实的书生，柳絮也是个可爱的女子。我想，这是桩美满的姻缘。"

"可是，韩咏涵不是与杏花有染吗?"洪亮问道。

狄公歉然笑笑，说道:

"老实说，我从头到尾都错怪了韩员外。他为人古板，有些自负，让人感觉他心胸狭窄。他心肠虽然不坏，但暮气沉沉，与人相处也不大随和。他与杏花绝无牵连。杏花可是个敢爱敢恨的女子，性情直率。你们看那远处，就在柳巷的柳树丛中，圣上降旨，为杏花立了汉白玉牌坊，上书'忠孝风范'四个大字。"

船到了湖心。狄公抛出鱼线，突然又赶紧将鱼线收回。马荣暗说不好。之前，他曾见船下有巨大的黑影在碧绿的水中游动。现在，他又看到那双闪烁的眼睛。

"这里什么都钓不到!"狄公失望地说道，"这些湖怪把鱼都赶跑了!你们看，又来了一只!"狄公注意到四位随从脸露惧色，便安慰道:"估计是巨龟作祟，那些不幸堕水溺亡的人才不见尸首。这些巨龟一旦尝过人肉……但你们别怕，他们不会袭击活人的。马荣，把船再往前划划，前面肯定能钓到鱼。"

马荣奋力划桨。狄公拢起衣袖，望着远处岸边的街市，沉思着。

"大人是何时发现刘飞坡谋害梁大人并侵占梁府的？"洪亮问道。

"就在最后一刻。"狄公答道，"那天晚上，送马荣和乔泰走后，我在二堂彻夜未眠。我原想梁大人贱卖田产一案只能算细枝末节，杏花被害才是关键。那件案子起于几年前，当时刘飞坡仕途受阻不得志。后来，我们到了汉源，发现刘飞坡只与两位女人有感情纠葛，即女儿月仙和相好杏花，所谓的政治野心似乎已不再重要。他与杏花的关系才是此案的核心。当我领悟了这一点后，事情便迎刃而解。"

刘飞坡才华横溢，有胆有谋，且精力充沛，是个天生的入世之才。但他科举屡次不第，自尊心大受伤害，即便后来经商致富，心中的伤痛亦未平复。日积月累，那份伤痛终于酿成了对朝廷的怨恨。

有一件事诱发他复活白莲会，以便推翻朝廷，自立新朝。有一次，在京城的古董店里，刘飞坡购得韩隐士的手稿，其中记录了筹建墓穴的方案。御史大人在刘飞坡京城寓所里的文书中发现了此手稿。韩隐士在手稿中写道，他计划兴建墓穴，是为后世子孙在战乱时能有个避难之所。韩隐士说，他考虑要将所有珍宝、二十箱金条藏入墓穴；而且要挖一口井，储存大量干粮。手稿最后附着一张进入墓穴的机关图，藏在佛堂的神龛下面。韩隐士还随附了一句按语，此秘密只传给韩家长子。

"刘飞坡读了那份手稿，也觉得不过是古稀老人的奇思怪想。但他认为还是有必要去汉源走一遭，实地看看韩隐士的计划是否实施。经过细心筹划，刘飞坡刻意在韩府住了将近十日。他发现韩咏涵对祖上的计划一无所知。韩咏涵只知道遵循祖制——佛堂昼夜不闭，灯烛不灭。韩咏涵以为，这不过是祖先诚心礼佛的虔诚之心，殊不知韩隐士的真实意图是为了子孙突遭祸事时，可以随时进入密室避难。一日夜里，刘飞坡偷偷去了佛堂，并发现墓穴等设施并非虚妄。刘飞坡明白，年迈的韩隐士突然去世，并未来得及将秘密告诉自己的长子，即韩咏涵的祖父。然而，书坊却印刻了韩隐士编写的棋谱，包括棋谱末页的那张残局。除了刘飞坡，或许还有杏花姑娘，此外再无人知道那张棋谱便是进入佛堂密室的线索。"

"韩隐士实在是聪明过人！"陶干赞叹道，"棋谱刻印出来，就是为了不至失传。但不明就里的人永远猜不透其真实的含义。"

"的确如此！"狄公说道，"韩隐士足智多谋，知识渊博，我真想能有机会'会会他'！我接着说吧。刘飞坡在韩府得到巨额财宝，组织大规模叛乱便有了资金保障。同时，他亦可将密室用作坐镇指挥和商议事情的理想场所。于是，他在韩宅与梁府之间的空地上建起了山庄，雇四名工匠挖好了连通墓穴与其花园的密道。事后，刘飞坡亲手杀死了那四名可怜的工匠，密道里发现的骸骨就是那些工匠的。"

"然而，随着计划日益庞大，刘飞坡的花费也越来越多。他必须花巨资贿赂腐败的官吏，必须买通盗匪，并为其购置兵器。他自己的钱财和韩家的财宝很快便被花掉了。他必须重找财源，于是便想到策划侵占梁大人的田产。刘飞坡常与梁大人在花园里一起散步，有机会熟悉梁大人及其家人的生活习惯。大约半年前，他诱骗老人进入密室，将其杀害，并将尸体装入棺木，我和陶干在密室中看见了尸体。从那时起，这假扮的梁大人便生病了，眼疾越来越重，而且健忘，不得不终日留在卧室。这些障眼法让刘飞坡成功扮演了两种身份。他时而藏身于墓穴，时而经花园进入梁府。而梁奋居住的房间在梁府的后门，那对老年仆役也的确年事已高，因此刘飞坡得以冒充梁大人而不被人发现。当然，一些突如其来的情况会让他在梁府待得更久，再加上他在墓穴里密谋白莲会一事，也让他时不时地行那'遁身之术'。这引起了他家里人的注意——轿夫和洪亮就曾提过此事。"

　　"刘飞坡和心腹万一帆合谋算计梁大人的田产后，便着手变卖。刘飞坡从中获利，拿到大量的金银，由此叛乱的准备工作也得以有序进行。看到事情进展顺利，他便与同党商量起事的日子。就在此时，出了问题。刘飞坡的感情出了纰漏，让我们认识了舞姬杏花，或者干脆叫她的真名，范荷依。"

　　小船静静地停在湖中。马荣盘腿坐在船后，和另外三名随从专注地听狄公讲述。狄公将遮阳帽向脑后推了推，接着说道：

　　"白莲会的叛乱也曾波及并州。平阳县一位范姓财主也加入了白莲会，可是他后来幡然醒悟，并打算向官府告发。不承想，此事被白莲会知晓，遂反诬他谋反朝廷，强迫他在一份伪造的文书上签字，并逼其自尽。于是，他的家产俱落入白莲会之手。他的寡妻以及女儿范荷依和幼小的儿子衣食无着，如同乞丐一般。其女只好卖身娼门，所得的卖身钱为母亲在平阳买了块地，聊以为生。后来，杏花频将卖艺所得寄回家乡，供弟弟读书。这些情况都是在平阳官府拿获白莲会头目后知道的，文书昨天才送到汉源。"

"至于杏花姑娘的其他事情，就不难解释了。她父亲去世之前，曾向她透露了白莲会的事情，并说汉源是据点，刘飞坡是总头目。这位勇敢的女子对父亲一片孝心，遂暗下决心，要为父报仇，并告发贼人。

"范荷依美丽出众，却性格刚烈。她虽出身平阳望族，但母亲必定传给她一些使用魔力的秘法，这在平阳甚为普遍。但我仍怀疑，杏花在长相上与月仙若无惊人的相似之处，岂能将刘飞坡这样一位极端自私、野心勃勃的男人牢牢拴住。"

"诸位，对于男女心中捉摸不透的七情六欲，我难以理解，也难以剖析。我只能说，刘飞坡对女儿的宠爱掺杂了非分之想，不合伦理纲常。他冷酷无情，但对女儿强烈的爱恰好是他的弱点。想必他对这种感情深感内疚，并极力挣扎，可月仙对此却毫无觉察。这种感情是否会影响到他与妻妾的关系，我不敢妄测，更无法确定。但是，倘若他的婚姻生活一直不幸的话，我不会觉得奇怪。无论如何，刘飞坡与杏花的情事，是他内心痛苦的解脱，而且，那种关系让他尝到了在其他女人身上从未体验过的情欲和关爱。

"现已查明，他们每次幽会都在王员外家的花园亭子里。杏花从刘飞坡处了解到白莲会的真相，包括棋谱的秘密。刘飞坡给杏花写了不少情笺来表达他的爱恋。可是，他非常狡猾，从不用自己的笔体。他模仿梁奋的笔迹，因为研究梁大人的账目让他对梁奋的笔迹非常熟悉。鬼知道，他竟然在这些情笺上署上了自己女婿蒋佑璧的别号。说真的，对于这些阴暗的欲望，实在让人难以理解。

"刘飞坡从未想让自己的女儿嫁出去。他无法容忍女儿离他而去，被别的男人占有。从月仙看上蒋秀才起，刘飞坡便极力反对这门亲事，并令心腹万一帆诬告蒋举人，这样便有理由回绝亲事。后来，月仙因爱成疾，一病不起，刘飞坡又不忍女儿如此受罪，尽管心里难受，也只好同意了婚事。可以想见，与月仙分开的日子越来越近，他感到万念俱灰。从他给杏花的书函看，他已开始怀疑杏花与他交好的意图，因为杏花迫切想了解白莲会的情况。因此，他打算断绝与杏花的来往。刘飞坡面临一下子失去两个钟爱的女人，心烦意乱是可想而知的。雪上加霜的是，白莲会缺钱也让他忧心忡忡。他冒充梁大人，已经出卖了梁家的大部分田地，而商定好的叛乱日子迫在眉睫。他想弄到银两，更多的银两，越快越好。于是，他挪用了同党王员外做生意的本钱，并吩咐康仲劝说其兄借给万一帆大笔款项。我想，以上所说大致概括了两个月前初到汉源时的情况。"

狄公顿了片刻。陶干问道：

"大人何以发现康仲是白莲会的党羽的？"

"康仲千方百计想弄到那笔款项，令我疑窦顿生。康仲是生意场上的老手，怎会怂恿兄长将那么一大笔银两借给万一帆这样的牙侩呢。后来，我明白了，如果万一帆是白莲会的成员，那康仲也必定牵连其中。刘飞坡不择手段筹措金银之事，给我提供了重要线索，加上他时而失踪一事以及梁大人突然病倒一事，终于让我发现了他假扮梁大人的秘密。如此一来，梁大人为获得金子而贱卖田产以及王员外为白莲会筹措经费的事就前后一连，事情也便明了了。梁大人虽然年事已高，但他对朝廷忠心耿耿，这是毋庸置疑的。最后的结论只能是这样了。"

陶干点头称是。他捻弄着脸上的三根长毛，听狄公继续说道：

"我现在要说说杏花被害的事。这桩案子错综复杂，我到最后才理出头绪。月仙嫁给蒋秀才的第二天，韩咏涵等筹办了花船宴。此时的刘飞坡已对杏花姑娘产生怀疑，一晚上都目不转睛地盯着她。杏花站在韩咏涵和我之间，向我低声说起密谋之事时，刘飞坡虽从她的口形中知道事已败露，但还以为是说给韩咏涵听的。"

"但当时我们认为，刘飞坡不可能搞错的，"洪亮插话道，"她说的可是'大人'呀！"

"我早点明白个中的蹊跷就好了！"狄公淡淡一笑，说道，"别忘了，杏花说话时脸并没有对着我，而且她说得很快。所以，刘飞坡将'大人'误解为'咏涵'，这让他十分气恼。他的相好不仅要告发他，而且是向他的情敌告发。杏花若非与韩咏涵亲密，否则怎会以'咏涵'相称？难怪刘飞坡第二天会雇人绑了韩咏涵，并恐吓他，企图让他闭嘴。我们现在明白了，刘飞坡为什么自尽前狞笑着对韩咏涵说出那句话了，因为他将韩咏涵当成了情敌。幸好刘飞坡并未听见杏花问我可会下棋，因为碰巧牡丹回来，挡住了刘飞坡的视线。如果他听到杏花后面那句话，定会马上撤走墓穴里的据点！

"杏花要告发他，他就必须要马上除掉她。杏花翩翩起舞时，刘飞坡目不转睛地盯着，我差点就明白了他的目的。他必须杀死杏花，这是他最后一次欣赏她那令人目眩的美妙身影了。他眼中有恨，恨出卖他的女人；也有绝望，是男人失去心爱女人时的绝望。

"当彭员外不胜酒力呕吐不止时，刘飞坡便借机离开了宴厅，陪彭员外到了右侧的甲板。彭员外胸中难受，便靠船舷站立，而刘飞坡则溜到花船左侧，从窗户上招呼杏花出去。他带她进入主舱，先是将她打晕，后来又将铜香炉装进她的衣袖内，然后再将她沉入湖中。做完这一切，他赶紧回到彭员外身边。而彭员外此时觉得好些了，二人便一同重回宴厅。可以想见，当听到杏花的尸首并未沉入湖底，凶案被发现时，刘飞坡必定惊慌失措。

"然而，刘飞坡的厄运不止于此。次日清晨，他得知爱女月仙猝死洞房。接连失去两个心爱的女人，让他怒不可遏。不过他的狂怒并未针对蒋佑璧，而是针对蒋举人，因为他长期压抑的情欲让他认为，蒋举人对月仙不怀好意。在我看来，这起码可以解释刘飞坡为何不可思议地咬定蒋举人有罪。月仙的死对他虽是沉重的打击，当得知她的尸首莫名其妙失踪后，刘飞坡完全丧失了心智。他着了魔似的，所作所为，不计后果。

"据康仲交代，刘飞坡当即召集人马寻找月仙的尸首。他的行为异常古怪，康仲、王员外和万一帆不禁为他们的头目担忧起来。他们坚决反对绑架韩咏涵，认为那样太冒险，而且杏花的死足以让韩咏涵缄口。可是，刘飞坡并不听劝，一心要惩罚韩员外。于是，韩员外被绑进了刘飞坡雇来的轿子，绕着他的花园走了几圈，才被送入了密道。韩咏涵的表述非常准确，那个六角形房间。他还记得自己被抬着在台阶上走了十步，那正好是刘飞坡通往墓穴的密道。带白色头罩的便是刘飞坡本人，他绝不会放过这个机会，他要羞辱并虐待这个与杏花一道欺骗他的男人。

"这个沉闷的故事结束了。月仙的尸首仍不知所踪，刘飞坡又急需银两，他担心我对他起了疑心。在这紧要关头，他决定制造一个逃跑的假象，然后继续假扮梁大人指挥叛乱的最后一战。

"此时，万一帆被抓，但他并不知道刘飞坡下一步的打算——假装失踪，然后假冒梁大人。我告诉万一帆，刘飞坡已经潜逃，万一帆以为刘飞坡放弃了白莲会大计，于是打算和盘托出，以保全性命。但此时衙门中出了奸细。他将此事透露给了刘飞坡，刘飞坡命他将毒饼带入监牢。毒饼上的标记不是给万一帆看的，因为牢房里光线昏暗。那是给我看的，是为了恫吓我，也为迷惑我，以免我在他们叛乱前的最后几日出手干预。

"也就在那天晚上，刘飞坡派人通知王员外、康仲到梁府与他见面。王员外和康仲私下商议，认定刘飞坡已经失了心智，不再适合白莲会大计，应由王员外替代之。于是，王员外去墓穴强夺机密文书，以便掌握大权。而刘飞坡此时已经将文书转移至金鱼缸中隐藏。六角屋内，我和陶干与王员外不期而遇，最终王员外在打斗中当场毙命。"

"大人如何知道文书就藏在金鱼缸内的？"乔泰迫切地问道。

狄公笑了笑，说道：

"初次拜访梁大人时，我在他的书房等了很长时间，看见金鱼游来游去，非常自在。鱼儿见我俯身观看，便赶忙游到水面，等着喂食。我伸手碰那仙女雕像时，鱼儿突然腾跃翻转。当时我便觉惊奇，一直在想其中的缘由。当我猜测刘飞坡假扮梁大人时，那个场景突然出现在眼前。金鱼像其他供人赏玩的动物一样，异常敏感，不喜欢有人将手放入水中。我想，以前一定有人这样做过，扰乱了那个平静的小世界。于是，我推测雕像的底座也许是隐藏秘密的好地方，而刘飞坡最珍贵的小折子，必定就藏在里边。情况就是这些！"

狄公取出鱼竿，抛出鱼线。

"此案相当重要，"洪亮信心十足地说道，"大人定能凭此获得升迁！"

"升迁？"狄公吃惊地问道，"天啊，绝无可能！这次未被免职，已是幸事！御史大人严厉斥责于我，说我未及时发现篡逆之事，这在朝廷重新任命我为汉源县令的公文上写得清清楚楚，毫不含糊！吏部的官员还特地加上了一条按语，鉴于我最终找到了那份密件，朝廷才动了恻隐之心。诸位，身为县令，必须对自己地方的事务尽心尽责啊！"

"不过，"洪亮接过话道，"无论如何，杏花被害一案总算有了结果！"

狄公沉默半晌。他放下鱼竿，出神地望着湖面，良久，又摇头说道：

"洪亮，我觉得这桩案子仍未了结，还有些疑问呢。恐怕刘飞坡的死也难以平复杏花的心头大恨。残忍的杀戮，往往伴随着强烈的仇恨，仇恨犹如鬼魅，兴风作浪，无休无止，并会附在死人身上，继续作祟。"

狄公发现他的随从露出不安的神色，遂急忙说道："不管鬼魅如何兴风作浪，只会伤及那些心怀叵测之人。"

狄公俯身船舷，看着湖水。他是否又看到了水下那双眼睛，此时正盯着他，就像花船上那可怕的一幕？他不禁打了个寒战，抬起头来，自言自语道：

"心术不正之人，入夜之后，最好不要在湖边闲逛。"